印 刷
现 代 性

晚清民初的 技术转型 与 文学变革

雷启立 著

华东师范大学出版社
·上海·

图书在版编目（CIP）数据

印刷现代性：晚清民初的技术转型与文学变革 / 雷启立著 . -- 上海：华东师范大学出版社, 2024.
ISBN 978-7-5760-5573-3

Ⅰ. I206.5；TS8-092
中国国家版本馆 CIP 数据核字第 2024E6U748 号

印刷现代性：晚清民初的技术转型与文学变革

著　　者	雷启立
策划编辑	王　焰
责任编辑	张婷婷　朱华华
责任校对	刘伟敏
装帧设计	刘怡霖

出版发行	华东师范大学出版社
社　　址	上海市中山北路 3663 号　邮　编 200062
网　　址	www.ecnupress.com.cn
电　　话	021-60821666　行政传真　021-62572105
客服电话	021-62865537　门市（邮购）电话　021-62869887
地　　址	上海市中山北路 3663 号华东师范大学校内先锋路口
网　　店	http://hdsdcbs.tmall.com/

印 刷 者	苏州工业园区美柯乐制版印务有限责任公司
开　　本	787 毫米 × 1092 毫米 1/32
印　　张	7
字　　数	140 千字
版　　次	2024 年 12 月第 1 版
印　　次	2024 年 12 月第 1 版
书　　号	ISBN 978-7-5760-5573-3
定　　价	79.80 元

出 版 人　王　焰

（如发现本版图书有印订质量问题，请寄回本社客服中心调换或电话 021-62865537 联系）

引　言

晚清是被李鸿章谓为"三千年未有之变局"的大时代，也是文学的变革同样剧烈的时代。从晚清文学到20世纪中国文学不只是时间和概念的不同，还有着深刻的内在变革。王德威曾提出"没有晚清，何来'五四'"，沟通两者的内在关联，打开了晚清民初文学研究不同的思考和研究路径。

最近几年，关于"中国现代文学何以发生"的问题更伴随着学术界对于中国现代文学学科危机的认识而得到特别的关注。不只是《中国现代文学研究丛刊》2006年第1期刊发的一组"'现代文学的发生'笔谈"，从起源上发掘现代文学发生的多样性及其与社会文化发展之间丰富复杂的历史关联，还有王富仁"新国学"概念的提出、陈思和对于"'五四'新文学先锋性"问题的探讨、李扬等人对"没有晚清，何来'五四'"观念的解读和反思，都在试图反思、寻找中国现代文学学科之所以有意义的合法性依据，而南京大学中国新文学研究中心对于中国现代文学社团史等重大课题的研究，吴福辉、李楠等人对于海派文学和小报的研究,也都极大地丰富了中国现代文学研究的内涵和意义。

在传统的解释框架里,中国现代文学的兴起基本上是围绕着对于新文化运动、五四运动的不同理解和阐释而展开的,是若干精英知识群体经由思想"现代"运动、白话文运动展开的结果。然而,如何理解中国思想、文学、文化在晚清民初的巨大变革与当时印刷技术从雕版印刷向石印和铅印的转型及新式媒体雨后春笋般出场之间的关系;新的思想和文学运动是如何物质地生产,又经由新生的市场机制得以流传的;更进一步,传播技术、物质如何成为文学和思想中的一部分的,从晚清民初印刷出版技术的角度对文学生产状况展开研究,为中国现代文学何以发生这一问题的考察开辟了另外的研究空间。本研究即把对晚清民初中国文学的变革与对印刷技术变革的考察深刻地结合在一起。

最近二三十年,印刷术对于社会所产生的影响受到西方学术界的广泛关注。本尼迪克特·安德森(Benedict Anderson)把 15 世纪中后期发生在欧洲的印刷革命看作是改变了欧洲乃至世界历史,从而开启了启蒙时代,也由此被演绎成巨大的社会革命的前奏。罗伯特·达恩顿(Robert Darnton)则在《启蒙运动的生意:〈百科全书〉出版史(1775—1800)》(*The Business of Enlightenment: Publishing*

History of the Encyclopedie，1775－1800）中通过对狄德罗（Denis Diderot）的《百科全书》（*L'Encyclopédie*）出版史的考察，把研究从更细部的方面展开。后者强调文本内容所依附的物质意义，并以此来追问，这些思想和运动是如何以物质化的形式流传的，印刷品的物质基础与生产技术和运动本身的主旨、传播的深度和广度有怎样的关系。

正如哈罗德·伊尼斯（Harold Innis）所说，一种新媒介的出现意味着一个新文明的诞生。晚清民初正是印刷技术从用手工雕版印刷向用机器大规模进行石印、铅印转变的重要时期，是文学生产的形态因此而呈现出巨大变化的时期，具有现代意义的印刷出版机构也因此有了因大规模印刷衍生的巨大的文化市场和商业利润，催生出新的广大的读者群体，而新式知识群体（作者群）可以脱离"读书取士"，脱离对于官场、府幕、传统的政治和经济实体的依附，借助新式媒体的壮大而生存、发展并建立自己的主体性。因此，印刷出版的生产实践过程和印刷现代性的展开，是与20世纪初期文学文化特质的变革过程相互缠绕着推进中国文学的"现代"转型的。

综上所述，本研究跨越传播学、文学、历史、文化研究等多个研究场域，借鉴了西方学术界对器物、技术与文化发生发展之间关系的研究方法，回到晚清民初的文化情景中，重新解释中国文学是怎样在此文化空间中变革并且

"现代"起来的。

本论题的问题意识还在于对20世纪90年代以来中国文学、文化状况与出版等文化生产机构之间关系的思考。在日益强调市场、读者群的商业性及世俗化的文学潮流面前，各种形式的大众文化兴起，以"铁屋子"里的"呐喊"为特质的中国现代文学及其研究，被日益边缘化，其意义和价值因此也受到质疑。本研究重新呈现了20世纪初期出版人和出版机构所面临的处理文学、思想的社会文化责任，及其作为文化企业的商业诉求之间的状况，在为今天的人们提供处理社会的文化使命与个人利益欲望之间紧张关系的历史依据等方面，具有较强的现实针对性。

目 录

第一章 何谓"现代"与"做"的启示	1
第一节 问题意识与现代文学的学科危机	3
第二节 何谓"现代",谁的"现代"	10
第三节 "做"文化研究与媒介理论的启示	20
第二章 晚清"崇实"思潮与新印刷文化的兴起	35
第一节 晚清"崇实"思潮	40
第二节 智民救国:印刷媒介作为武器	50
第三章 文化的生产:"赖印刷为之枢机"	65
第一节 晚清民初的印刷技术	67
第二节 "印刷即出版"格局的形成	90
第四章 印刷现代性在晚清民初的展开	97
第一节 新式出版机构的建立	101
第二节 文化建设的理想与各种不同读物的生产	106
第三节 出版机构的运作:在传统与现代之间	124

第四节　泥沙俱下：印刷出版中的资本市场　　135
第五节　新格局："印刷大于出版"　　142

第五章　出版机构、编辑与现代文学的发生　　151
第一节　众多中小型文艺出版机构的创立　　155
第二节　从出版人到创作者　　168

结语　　179

参考文献　　195
后记　　209

第一章

何谓"现代"与"做"的启示

第一节　问题意识与现代文学的学科危机

印刷现代性①与现代文学何以发生并不是一个新问题，近年来更成为现代文学研究的热点被反复讨论，但其背后的问题意识却没能得到有力揭示。这是为什么呢？

首先，现代文学何以发生的问题是随着中国现代文学的学科危机越来越严重而提出来的。由于中国当代社会状况的变化巨大，中国现代文学研究建构现代民族国家所需要的国家意识形态的功能，或者说凝聚民族国家共同经验的介入能力日渐减弱，对当代社会生活应该有的想象力和解释力退化，现当代文学研究所能产生的社会效应丧失；影像对于阅读的挑战、"景观社会"的兴起、互联网技术的广泛应用，原有文学共同体的基本群众逐渐减少；经过几

---

① "印刷现代性"在西方学术界讨论印刷和现代性问题的理论中具有复杂而丰富的意涵，指由金属活字印刷技术的广泛使用所带来的现代性问题。但在本书中，它主要指在晚清民初的语境下，因印刷技术的巨大变革，在新的民族—国家想象、新文化／文学想象，以及随之而来当时在日常工作、生活、社会文化、生产、组织诸方面出现的"现代"转型。

十年的开垦和努力,文学的"内部研究"达到了饱和状态,从不同动机和角度出发的文学解释、对文学史的书写和重写,似乎都被穷尽了,剩下的问题变得琐碎,方法上也流于程式化,整个学科研究出现"审美疲劳",因此日趋边缘化。

其次,随着"思想史"研究、"文化研究"、晚清文学文化研究的兴起,传统意义上的现代文学研究群体在研究领域和问题趣向上分歧巨大;20世纪末期,夏志清、李欧梵、王德威等海外汉学界人士对"被压抑的现代性"——鸳鸯蝴蝶派、新感觉派等流派及张爱玲、沈从文——的发现和论述,带来了海外研究方法的挑战和诱惑,也带来了后现代理论分析的启示,但新的"被压抑"论述同样很快地模式化……

如是种种,现代文学研究自身,非常糟糕地难以发现足以阐述本学科在新的社会文化变化境遇中进一步的发展意义,或者说,难以找到它之所以继续存在的合法性依据,这样也就难以"考掘"出建立新的"文学性认同"的问题意识。有学者直接说,"从整个社会的文化思想和文学思想出发,用'四面楚歌'来形容中国现代文学学科在当下的文化处境并不为过"[①]。

---

① 参见王富仁:《"新国学"与中国现代文学研究》,载《文艺研究》2007年第3期,第12—23页。

正是在这样的困境里，中国现代文学何以会发生的问题被提到研究者的面前。在2005年前后，对现代文学的起源的探讨形成新的热潮。《中国现代文学研究丛刊》2006年第1期就刊发了一组"'现代文学的发生'笔谈"，试图从起源上，发掘现代文学发生的多样性及其与社会文化发展之间丰富的历史关联、反思或者寻找，以及现代文学学科之所以有意义的合法性依据。但这些讨论的论述仍然诉诸丰富、繁荣现代文学研究论述的表象之上，似乎难以直面现代文学研究的学科危机。

众所周知，中国现代文学学科的建立以1950年代大学中文系开设中国现代文学史课程为标志，中国现代文学研究所诉诸的研究对象正是中国现代文学。这两个事实深刻揭示了这一学科在文化政治建构方面的特质。也因此，在毛泽东的新民主主义论和《在延安文艺座谈会上的讲话》等论述指导下，有了王瑶编写的《中国新文学史稿》和此后若干大学相关文学系科合编的"中国现代文学史"教材，有了中国现代文学学科在大学教育体系、文化正典建设、意识形态斗争中的地位和作用。[1] 于是这部历史论述的内容，就正像有学者所概括的，"在晚清，思想的关键词是'国家'"，在"五四"，思想的核心转变成了"个人"，

---

[1] 参见王富仁:《"新国学"与中国现代文学研究》，载《文艺研究》2007年第3期，第12—23页。

"个人与国家在对家族制度的破坏和批判中构成了共谋的关系","现代性从根本上来说不外是现代民族国家主权和现代个人主体的双重建构"。① 因此,"左翼"的革命文学史论述与五四的启蒙文学史论述共同分享了一个潜在的学科合法性预设:中国现代文学和现代文学研究与当代社会文化思想的变化有着深刻的关联,是深深地根植于其所处时代的社会变革运动中的。

1980年代中后期,"二十世纪中国文学"概念的提出,以及在相当长一个时期里产生着广泛影响的"重写文学史"的展开,在表象上强调文学的"非政治"性,说文学的马车上载不动那么多"非文学"的东西,期冀"回到文学本身",以文学艺术的审美标准来重新评价作家和作品,对中国现代文学研究简单僵化的革命论述模式进行反拨,强调对被"遮蔽"和忽略的中国现代文学的内在意涵和丰富性的发掘。1990年代后期以来的不少讨论认为,正是1980年代中后期文学研究的"非政治化"导致了"文学"与社会间紧密关系在1990年代的脱节。

然而,从大的社会文化意义上,简单地说,1980年代文学研究之强调文学"审美"的意义所应对的,仍然是当时社会占主流地位的国家意识形态对具有个人性的

---

① 参见旷新年:《个人、家族、民族国家关系的重建与现代文学的发生》,载《中国现代文学研究丛刊》2006年第1期,第41—48页。

思想文化的"桎梏",以及在"政治宣传"论述下对作家作品以及各种文艺思潮的历史评价的影响,其问题意识仍然是深刻扎根于现实社会,是对当时占主导地位的文化政治的质疑和批判。也因此,这一时期所产生的中国现当代文学研究的杰出成果之一部分,被认为是对1980年代思想文化产生巨大影响的"新启蒙"运动的一部分。

在另一方面,虽然有学者不无调侃地指出,"二十世纪中国文学"概念的提出,"将新文学的起源由'五四'提前到晚清","大大拓展了新文学的疆域",解决了"时间太短"的"现代文学的学科焦虑"问题,从而"更符合'新文学的整体观'"。① 但在本书看来,中国现代文学研究打开1919年和1949年两个栏坝,上承晚清下接当代,在1980年代中后期的文学、文化、思想界具有极大的召唤力。其原因在于,这一概念的提出使得现代文学研究能够在学术研究中思考和探索变化中的当代中国何所来何处去的问题,从而解决了现代文学研究更深刻地介入当下的合法性问题。"二十世纪中国文学"研究如果说还有意义和活力,还有号召力和影响力,原因也在于此。

危机出现在1990年代。1980年代文学研究活动背后

---

① 参见李扬:《"没有晚清,何来'五四'"的两种读法》,载《中国现代文学研究丛刊》2006年第1期,第81—98页。

的意义被"新意识形态"掏空,"二十世纪中国文学研究"被"假戏真做"地"学术规范",收编到学院内部学科化、"学问"化以后,情形就急转直下了。文学研究的状况呈现出强调"文本阅读",分析文学技巧,要"审美",以对"佚文""佚书"的发现、对经典作家作品意义的重新发掘、对类似于"出土文物"的沈从文、张爱玲等作家的重新评价,表现被"极左"政治意识形态所遮蔽的具有"自由""个性"的思想和审美空间等,来打点充塞学科内涵。

在相当长的时期里,甚至到现代文学研究陷入困境的今天,这被认为是中国现代文学研究的正途,是"文学"的研究。究其实,已经是"六神无主"了。虽然在很多批判的论述看来,在福柯的"话语"理论被广泛引入的今天,这种文学研究的策略背后仍然有"文化政治"在作祟,是"不纯粹"的,但它的主导性显然已经让位于以资本和权力所主导的消费社会的逻辑了。在一定社会和话语情景下,对于能够让人类共同感受和追问"痛"和"屈辱"的文学而言,随着文学及其研究"问题意识"的退却和社会情形的进一步恶化,真正参与社会文化改造可能的有限性,是越来越清晰了。

于是,1990年代的中国现代文学研究随着20世纪的终结有了进入古代文学研究序列的冲动,志在追寻"严格的古典学术规范"①，似乎古代文学的研究没有也不需要来源于它自身的问题意识一样。要把那些在天真、轻慢和懈怠中丢失的"问题意识"重新呈现出来是困难的。当外在的"非文学"负荷从文学的马车上卸下来后，文学自身的学科特性和技术要求凸显出来，文学研究的"范式"变革，新的文学"批评空间的开创"，就在这样的学科背景下具有了现实的合理性和急迫的可能性。

"重读二十世纪中国文学的历史，就特别要注意那些文本以外的现象"，而且，社团、文学同仁圈子，还有杂志、报纸副刊、出版机构等都成为文学研究的细读文本。比如重读一本杂志，不仅要"读上面发表的那些文章，更要读这份刊物本身，读它的编辑方针，它的编辑部，它那个著名的同人圈子"②。这样的细读，当然不仅是为了更"纯"的文学，不是为了更好地在技术上审美，而是要读出文本之外的社会文化意义，历史地回到文学发生时期的问题中去，打开更广阔的文化空间。

"报纸的'副刊'"之值得深入研究，就在于"它非但代表了中国现代文化的独特传统"，表达了"'社会'的

---

① 参见解志熙：《美的偏至：中国现代唯美—颓废主义文学思潮研究》题词，上海：上海文艺出版社，1997年。
② 王晓明：《一份杂志与一个"社团"——重评五四文学传统》，王晓明主编：《批评空间的开创——二十世纪中国文学研究》，上海：东方出版中心，1998年，第187页。

声音",而且也提供了一个独特于西方"媒体"的理论,以"游戏文章""滑稽讽世"的批评开创出了一个"公共空间"。① 于是,文学研究的对象也不再局限于那些已经浮出水面的作家作品,不再只是重新评价和挖掘未被关注的某个时期的小说、诗歌、戏剧、文学社团。更广阔的,不那么"文学"的文艺政策,一场民间文艺公案,某些文学理论的关键词,都可以成为文学研究的进路。

不只是研究的范畴更深更广了,这样的变化凸显了中国现代文学研究的研究趣向和方法在 1990 年代与 1980 年代中后期的不同。中国"现代文学"已经被转化为一种"现代性"的文学。探寻中国文学文化中的现代性经验,呈现 20 世纪中国文学对于"现代"的种种渴望、想象和表达,成为新的研究动力。中国文学的"现代"及其"现代性"问题浮出水面,它需要面对的问题因此更为复杂和纠缠。

第二节 何谓"现代",谁的"现代"

新的文学研究空间的开创是从对晚清的发现和重视,以及对五四文学的反思开始的。在相当大的程度上,海外

---

① 参见李欧梵:《"批评空间"的开创——从〈申报·自由谈〉谈起》,王晓明主编:《批评空间的开创——二十世纪中国文学研究》,第 101—117 页。

汉学研究对这一研究思潮的影响尤其显著。王德威就直接说过，在世纪末重审现代中国文学的来龙去脉，晚清时期的重要性"先于甚或超过五四的开创性"。在太平天国前后到宣统逊位的60年间，中国文学的创作、出版及阅读蓬勃发展，前所未见。"作者推陈出新、千奇百怪的实验运动，较诸五四，毫不逊色。""中国文学在这一阶段现代化的成绩，却未尝得到重视。当五四'正式'引领我们进入以西方是尚的现代话语范畴，晚清那种新旧杂陈，多声复义的现象，反倒被视为落后了。"①

纲常解纽的晚清确实蕴藏着丰富且复杂的思想和文化因子，展现出多样的未来可能。特别是，殖民和半殖民文化在东南沿海地区和若干河海口岸的进入，基督教文化、声光化电、资本主义的各种商业状态显露端倪，把整个晚清衬托得摇曳多姿。李欧梵教授在《上海摩登：一种新都市文化在中国（1930—1945）》中所描述的以上海为中心的1930—1945年的新都市文化②，伴随着世纪之交的"上海热"，把对老上海记忆（想象）的呈现推向了顶峰。因此，这样的世纪末是要用法文称作是"华丽的世纪末"

---

① 王德威：《被压抑的现代性——晚清小说新论》，宋伟杰译，台北：麦田出版社，2003年，第15页。
② 参见李欧梵：《上海摩登：一种新都市文化在中国（1930—1945）》，毛尖译，北京：北京大学出版社，2001年。

(Fin-de-siècle Splendor)的。这种混杂着对贵族趣味的"享受"、爱恋以及新的世纪末情绪的文学和文化研究,当然有别于原来的中国现代文学研究之"问题意识"所指向的主体了。

"没有晚清,何来'五四'"是如此之有号召力,直接把相当部分现代文学研究的注意力引向了晚清时期纷繁复杂的文化生态。《申报》《点石斋画报》,王蕴章和恽铁樵时期的《小说月报》,鸳鸯蝴蝶派的各种小说散文,摩登女、月份牌、跑马场、舞厅、殖民时期的各种建筑,都被解释为文学"现代"的发生场域。落魄文人的哀怨,下层歌妓的搔首弄姿,公案世情说部中聊发人性的同情和感伤,大抵都能读出较之于"五四"新文学甚至鲁迅更早、更彻底也更底层的关怀和思考。商业文化的各种知识消费、俗文化的教化娱乐、奇巧小道的微物崇拜都被解读为一代知识群体的"现代"大计的一部分。① 被不断泛化的"现代"成为传统——所有不合时宜的、顽固守旧的物质形态与精神状态——的对面。

现代、现代性理论终于成为具有笼罩性的阐释20世纪中国社会、思想、文学问题的大理论,一个超越"民族国

---

① 这种研究方式已经生产了大量论文和著作,特别是在早期《小说月报》、《点石斋画报》、鸳鸯蝴蝶派期刊、张爱玲研究等领域,形成了晚清民初文学研究的某种"做论"模式。

家""革命""国民性"等概念和课题的一级概念。以"个人""文化的多元"等为表象的讨论,终于把一切关乎对"他者"的思考、对超越自我个体的"世界"的想象、对人类文明的遥远想象,稀释在对"现代性"问题的宏大叙事中。而"谁的'现代'"的问题也被搁置下来。惟其如此,研究领域的拓宽,新的意义空间的被发现,个人的、日常生活的意义得到重视,大众文艺、通俗文学的意义受到广泛关注,这些都被收拢到对现代性及其在何状况下怎样展开的问题的讨论中。日常生活的重要性、脱离民族—国家的个人话语及个体欲望、撇开公义的价值关怀、淡化终极追问的知识形态,随着泛化了的"现代"概念从学术研究到社会生活的各个层面浮现出来。"二十世纪中国现代文学"研究从"现代"之门进入而有了丢失自己、迷失在"现代性"丛林里的危险。

何谓现代?比较多的学者会借用卡林内斯库(Matei Calinescu)的说法认为,现代是一个时间上处于线性的,不断进步地向前的时代。20 世纪的现代大约就是一个不断追求完善的(improved)、令人满意的(satisfactory)、有效率的(efficient)时代。[①] 但在竹内好(Takeuchi Yoshimi)看来,对于东方而言,现代显然是一个以西方为参照的概

[①] 参见 Matei Calinescu, *Five Faces of Modernity*, Durham: Duke University Press, 1987, pp. 19 - 20。

念范畴,更具体地说,是伴随着西方世界对东方文明的入侵而进入的概念。"欧洲入侵东方成为必然是和被称为'现代'的东西本质上有着很深的渊源。"①

在晚清民初的知识群体中,现代因其发展、进步的特性是有某种单面的号召力的。周作人的"落水",就落在他没有看到"日本"文化的"'现代'性",因而对性情变化了的日本侵略性的认识不足。风云激荡的"五四"过后,周作人"回心"于中国的传统文化,迷信于"历史的循环论",寄望于中华文明的博大,对于日本的入侵,以为不过是"满清之后的三百年"。但经过明治维新之后的日本,在经过不断的"脱亚入欧"努力之后,带着"现代"西方文明而来,已然不是"五胡""汉化"时的情势了。"现代"对于东方而言是一场文明的对决和屈服。

于是,对现代的思考在一定意义上是对一种文明走向的思考。明治维新以后的日本文化和社会状况对于西方的"现代"完全缺乏反省和抵抗,竹内好感到难以理解和接受。也因此,他深刻地痛感于日本文明内在的巨大危机。而在东方内部,他看到了以鲁迅为旗帜的中国现代文学及

---

① 参见[日]竹内好:《何谓现代——就日本与中国为例》,孙歌编,李冬木、赵京华、孙歌译,载《近代的超克》,北京:生活·读书·新知三联书店,2005年,第181—222页。

其思想展现出的战斗的姿态和复杂的思考,他触摸到了鲁迅那个夹缠在"传统"和"现代"之间"抉心自食"的苦痛灵魂。他指出,鲁迅是现代文学的开拓者……鲁迅的出现具有改写历史的意义。所以新人类的诞生以及随之而来的意识的全面更新在历史上出现了……历史并不只是空洞事件的形式。如果没有使自我成为自我并为之与困难不断作斗争的无限瞬间,那么便会失去自我,历史也会消失。①

重申这样的思考和努力当然不是要借竹内好回到既有典范的"五四"革命文学的历史叙述上去,也不仅是要质疑一个"感时忧国"的冷庙,是否可以安置晚清以来知识群体对于民族国家与世界图景、对于民族文化和"现代"的思考与努力,而是要超克以"现代"为轴心翻转新旧文学价值及意义的问题方式,打开背后更复杂的文化和思想空间。一句话,是要重新找回中国现代文学在"现代性"研究中的问题、力量和位置。

因此,发生于 20 世纪初叶中国现代文学之"现代",就既不同于黄遵宪"诗界革命"之"革命",也不同于梁启超等人所谓"新小说"之"新"。正如有学者已经指出的,现代文学的发生,是与中国现代社会及政治的变革共

---

① 参见[日]竹内好:《何谓现代——就日本与中国为例》,载《近代的超克》,第 181—222 页。

生共处的,混杂着一代知识分子寻找中国思想文化艰难的"西化"和"超越西洋"的双重冲动。①

在晚近有关"何来'五四'"的论述中,不少讨论认为,"五四"之前的大量白话小说,比如被标签为鸳蝴派的不少作品,同样以通俗流畅的白话文描写了下层的屈辱人生,很现实主义,很关心社会问题。因此"如果没有'五四'文学运动,中国也会朝白话文发展,也会出现白话小说"。潜在的意思是要追问"五四"的意义何在。② 底层关怀、白话文的运用、平民的文学,这都是"五四"新文学革命性的标志性表现形态,但并不止于此。

类似的问题也不是在今天才被提出的。早在1920年代初,周作人就特别写了《国粹与欧化》和《贵族的与平民的》为之论战:"从文艺上说来,最好的事是平民的贵族化,——凡人的超人化,因为凡人如不想化为超人,便要化为末人了。"平民的文学并不意味着低俗和平庸的泛滥,但对于"永久而常新的国民性"的养成,活泼而向上的高贵情感才是一个时代文学的希望。"文艺当以平

---

① 参见王晓明:《"大时代"里的"现代文学"》,载《文学评论》2006年第3期,第45—51页。
② 相关学者研究的论述,参见陈思和:《先锋与常态——现代文学史的两种基本形态》,载《文艺争鸣》2007年第3期,第59—68页。

民的精神为基调,再加以贵族的洗礼,这才能够造成真正的人的文学。"① 英国著名的伯明翰文化研究中心的创始人之一雷蒙德·威廉斯(Raymond Williams)在《文化与社会》(Culture and Society: 1780 – 1950)中所讨论的工人阶级文化,并不是我们想象的低俗和下层的白话文,而是柯勒律治(Samuel Coleridge)、华兹华斯(Wordsworth)等人的作品。那些典雅的、浪漫的象征了高贵的文学同样是工人阶级的喜爱,是他们精神生活的重要组成部分。② 晚清时期广受欢迎的说部、鸳鸯蝴蝶的小说、礼拜六派的消遣,大抵不只是说明人民的精神追求只在这个层面又或者只配欣赏、消遣这样的生活方式。若干杂志刊发这些意趣的文章,有市场等多种因素和意图在内,大抵也可以看作吸引读者的诀窍之一。

"提倡新文学,反对旧文学"的中国现代文学,从其发轫之初到1930年代,一直存在如何吸引更广大的读者的问题。若单以"市场"来考察,正如有论者已经指出的,"中国的新文学到了巴金、老舍、张资平手里,才开始跟市民、跟中国的广大读者发生关系的,总算占领了读者市场,

---

① 周作人:《贵族的与平民的》,见《自己的园地》,石家庄:河北教育出版社,2002年,第16页。
② 参见［英］雷蒙德·威廉斯:《文化与社会》,吴松江、张文定译,北京:北京大学出版社,1991年。

打败了张恨水。以前鲁迅、郭沫若根本不是张恨水的对手,都是小范围,一些大学生在看的东西。只有进入到巴金这样通俗的、革命的、煽情的,他用新文学的姿态和思想战胜了张恨水,战胜了《啼笑因缘》"①。但文学的主流与文学对于引领一个时代精神的价值和意义,读者受到的文学作品在社会文化思想方面的影响,并不单以占领"市场"的大小来决定。朱自清曾经从雅俗共赏的角度揭示了"现代"的本质。他说:"所谓现代的立场,按我的了解……也可以说是偏重俗人或常人的立场,也可以说是近于人民的立场。"② 朱自清强调了现代文学的大众性,却并不是媚俗或者媚雅的。

中国现代文学在发生的过程中,不单是借助了技术、市场等新的条件,更进一步,在一定程度上是晚清社会在"西洋"入侵过程中所引入的"市场""技术"等因素催生了一个新的"场域"。伴随着这种"场域"的形成,新的具有"现代"性质的思想和文化得以发生。新的文化和传播"载体"造就了不同于旧式文人的作者群体,造就了不同于传统的消遣娱乐和读书取士的阅读和思考群体,养成

---

① 陈思和:《"五四"新文学的先锋性》,陈子善、罗岗主编:《丽娃河畔论文学》,上海:华东师范大学出版社,2006年,第147页。
② 朱自清:《论雅俗共赏·序》,见《朱自清全集》第3卷,南京:江苏教育出版社,1988年,第218页。

了一个新的广阔的社会文化基础。① 这些不断壮大的新文化状态逐渐形成新文化"共同体",它嵌入(embedded)旧的组织和结构,带着新的特质和追求———一种新的"有机的社会组织"② 由此形成并发挥重要作用。简单说,中国现代文学不仅产生于如鲁迅者对一个苦难民族的艰苦思考和写作中,产生于精英知识群体所组织和展开的各种思想文化潮流及文化运动中,还同样产生在文化资本的翻云覆雨里,产生在引车卖浆者流的叫卖声中,产生在大规模生产和传播的技术复制时代。于是,中国现代文学"有机地"发生在读者"市场"、印刷"技术"、

---

① 茅盾在1930年代在《从牯岭到东京》中讨论了为谁写作的问题,认为当代的读者是小市民、小资产阶级,应该为他们写作。但很显然,写作不是要以低级趣味或者色情来满足读者的情色欲望。参见茅盾:《我走过的道路》(上),北京:人民文学出版社,1997年,第405—407页。

② 这里借用了葛兰西的"有机知识分子"概念中"有机"的意义。在葛兰西看来,有机知识分子(Organic Intellectuals)是随着经济生产方式的改变而产生的新知识群体,这个知识群体并不自外于原有的社会经济和政治结构而存在,而是随着这些结构的转变,如有机体一般依傍而生,但这却并不意味着它们会犬儒地投机于自己在经济等领域和社会结构中所扮演的功能。他们清楚地知道自己所从属的阶级,在社会政治、经济等方面的利益、观点和诉求,知道自己可以在社会上的每一个阶级所发挥的影响力,以及在政治、经济等各个方面所扮演的主导角色,了解在社会变化过程中所传达出来的不同于原统治阶级的世界观和价值体系。所以称作"有机知识分子"。在本书此处及后文中所描述和讨论的"有机的社会组织"同样具有上述"有机知识分子"的"有机"特质,如有机体一样地附着而不是外在于原有的社会经济结构,但同时和自己所从属的阶级有比较密切的关系,有自己这个群体和组织强烈的社会诉求。

"现代"的时空观念变化等多种状况的合力生产过程中。也惟其如此,它才"在地"地具有了跨越一个世纪的活力和影响力。

第三节 "做"文化研究与媒介理论的启示

兴起于1950年代英国文学和文化研究领域的"做文学"(Doing Literature)和"做文化研究"(Doing Cultural Studies)带给人们的启示是重要的。在以斯图尔特·霍尔(Stuart Hall)为代表的文化研究群体的研究看来,文化不再仅仅"是其他进程——经济的或政治的进程——的反映",而是"与经济或政治的发展进程同样是现实社会的组成部分",因此,"所有的社会实践在实质上都属于文化范畴"。[①] 作为左翼文化运动的文化理论的一部分,这一看法是在他们"向撒切尔主义学习"的过程中发展出来的。因为他们发现,玛格丽特·撒切尔(Margaret Thatcher)(以及里根主义 [Reaganism])的激进改革之所以能够在整个1980年代产生巨大影响,很大程度上是由于其将一个国家的管理表现为一场深刻地嵌入到个人和公共机构活动的见

---

① [英]保罗·杜盖伊、[英]斯图尔特·霍尔、[英]琳达·简斯等:《做文化研究——索尼随身听的故事》,霍炜译,北京:商务印书馆,2003年,第2页。

解、价值观、自我认知方式之中的文化运动。因此，英国保守党所推行的政治重建计划同时也是一项文化重建计划。霍尔等人从这中间得到的启发是，要使工人阶级的社会改造有效，就应该回到文化建设中来，而文化计划的建立是与经济和政治的社会进程纠结在一起的。

杜盖伊（Paul Du Gay）、斯图尔特·霍尔等人把文化的建构过程看作"表征"（representation）、"认同"（identity）、"生产"（production）、"消费"（consumption）、"规则"（regulation）等几个环节的循环，而"一次'接合'（articulation）就是在某种条件下将两个或更多的不一样的或截然不同的要素统合在一起的一种结合形式"。文化意义不是空洞地产生的，而是由"被赋予了特定的文化意义"的"生产实践活动"生产出来的。也就是说，"生产实践活动"以及"消费者在日常生活中对产品的使用"都是"产生意义"的。① 这一套理论并不难以被知识群体理解，但却难以在知识分子话语的论述过程中被充分展开。就像马克思的"生产力决定上层建筑"、毛泽东的"人民才是创造历史的动力"等理论在被庸俗化的过程中没有打开就已经合上了一样，霍尔等关于文化循环的论述包含了对知识、思想、文化来源的深刻思考。如同"有机知识分子"

---

① 参见［英］保罗·杜盖伊、［英］斯图尔特·霍尔、［英］琳达·简斯等：《做文化研究——索尼随身听的故事》，第3—5页。

概念的提出一样，它还试图找回文化抵抗的主体性，从而使得这一文化的抵抗有效。

回到对现代文学何以发生的考察上来，代表大众的文学和文化的产生过程同样来自它被物质地生产和消费的过程。在这样的问题意识和思考语境下，考察印刷现代性在晚清民初如何展开这一问题对于中国现代文学的发生及其特质的研究就具有重要意义。

正如本文一开始就指出的，在今天的中国现代文学研究中，讨论印刷出版活动对于文学发生、发展的影响的研究并不在少数——无论是从"内部"还是"外部"看，现代文学研究课题已经"饱和"到几乎"没有空白"好多年了。不少讨论现代小说、诗歌等主要文类的长篇论文，以及研究中国现代文学历史的著作，都已经以相当的篇幅指出这些"纯文学"要素之外的文学出版状况对于文学的影响。① 进一步的论述，会涉及期刊的发行、出版活动的展开如何为作家的写作和文学思潮的推广提供便利条件，查出书刊出版的版次、发行的数量，从而证明某作家作品受欢迎的程度及影响之大小，不同文化策略中组合的"文人圈子"对于创作和出版发生了怎样的影响，甚至某种文学

---

① 参见陈平原、[日]山口守编：《大众传媒与现代文学》，北京：新世界出版社，2003年。还可以参见程光炜主编：《大众媒介与中国现当代文学》，北京：人民文学出版社，2005年。

思潮的影响是怎样得以传播,而哪些作家作品却受到压抑了,等等。①

现代文学研究界似乎是不经意之间增加的这一节,拓宽了文学研究的视域,彰显了晚近20年来文学研究的观念及其"研究范式"的某种变化。但在根本上,以出版为代表的文化生产仍然被理解为一种承载文学和思想的工具,是文学"内部"的"外部"。而且,这些讨论也大多只是拓宽到编辑、出版机构对作品的编辑选择上,仍然局限在"编辑部"或者"编译所",仍然在"劳心者"的层面打转,并没有涉及更具"劳力者"性质的印刷、运输、销售等领域。在霍尔等人看来,这些"劳力者"的"生产实践活动"正是文化生产循环中产生"意义"的有"意义"的文化组成部分之一。

事实上,晚清民初正是印刷技术从用手工雕版印刷向用机器大规模活字印刷转变的重要时期,此时的文化生产形态因此也呈现出巨大的转折性变化。印刷能力的扩大所产生的改造社会的能量为注重"实学"的敏感的知识群体所认识,大机器生产衍生出的巨大的商业利润和市场也吸

---

① 比较突出的研究成果,参见吴福辉:《作为文学(商品)生产的海派期刊》,载《中国现代文学研究丛刊》1994年第1期。旷新年:《1928年的文学生产》,《1928:革命文学》,济南:山东教育出版社,1998年。姜涛:《"新诗集"与"新书局":早期新诗的出版研究》,载《中国现代文学研究丛刊》2003年第4期。李今:《上海新型文化人与出版业》,见《海派小说与现代都市文化》,合肥:安徽教育出版社,2000年。

引了更多资金和技术的支持,具有"现代"意义的印刷出版机构因此得以出现。印刷能力的扩大打开了更大的文化生产空间。众多中小型出版团体随之跟进,各种各样的文化因子由此而得以滋生。在这样的文化生产逻辑下,新的读者基础、作者群体得以产生。这就使得研究这一时期印刷技术何以现代、如何展开,当时的知识群体如何看待和应对这些技术变化,这些变化与社会文化生产到底发生了怎样的联系等问题变得特别有意义。

借用霍尔的分析方法来说,晚清社会从1840年门户洞开之后,历洋务运动、甲午海战、戊戌维新,辛亥前后十余年间,对文化的改造和变革逐渐压倒其他各种要素,被各个社会阶层所重视。在这个印刷生产实践的现代展开过程中,无论是文化人的学术活动,还是维新人士的译书,革命志士的改良、革命,无不借重于印刷技术而从事舆论的改造。晚清民初的文学文化变化因此与印刷现代性的展开密切相关。对于中国现代文学的发生而言,这就不仅是一种简单的生产技术的运用——不只是印刷技术为文学的发展提供了便利条件,还是深入到技术运用背后的一整套思想观念、从生产到再生产完成的整个运作机制,以及随之而来的一系列社会功能组织的变化。于是,印刷出版的生产实践过程与现代文学文化特质的发生过程相互缠绕,推进了中国现代文学的发生和发展。新的文学观念、思想,以及接受这一新文学观念和思想的社会文化基础,也就在印刷现代性的展开过程中得以产生。

众所周知,中国是世界上最早发明造纸和印刷术的国家。这两项发明同属"四大发明"。虽然英国哲人培根也认为印刷术的发明将全世界的事物和面貌改变了,但就对于近世的影响而言,中国古代发明的印刷术确实太古老了。在很长一段历史时期,由于社会需求的限制以及封建王朝对文化传播的控制,印刷技术的进一步提升、推广以及社会的规模化生产都受到制约。反而是在欧洲,由于1450年左右谷登堡(Johann Gutenberg)发明金属活字印刷术,几经完善,印刷术得到突飞猛进的发展。灵活多样的印刷方案,快速而大规模的生产成为可能。经资本主义"市场"的催化,印刷业为整个资本主义文明的传播和推广开辟了前所未有的前景。18世纪欧洲伟大的"启蒙运动"得以推动的重要原因之一,就是它背后是一笔"巨大的生意"。[①]加拿大传播学家哈罗德·伊尼斯早在《帝国与传播》(*Empire and Communications*)中就指出,侧重空间的传播方式,打败了侧重时间的传播方式,帝国得以形成。[②] 他

---

① 参见[美]罗伯特·达恩顿:《启蒙运动的生意:〈百科全书〉出版史(1775—1800)》,叶桐、顾杭译,北京:生活·读书·新知三联书店,2005年。
② 参见[加]哈罗德·伊尼斯:《帝国与传播》,何道宽译,北京:中国人民大学出版社,2003年,第5页。

的观察后来在本尼迪克特·安德森那里发扬光大,由于印刷术的诞生,报纸、小说在社会的中下层流行,宗教教义也由非传教士人员传布,人们得以在宗教、专制的王权之外,想象一种新的人群关系,一种想象的、有限的、具有主权的民族共同体。种种共同体的概念又随着帝国主义与各种传播模式的移植,扩散到世界各地,形成全球性的、以民族国家为单位的国际社会。①

而在另一方面,印刷也造就了新的文化空间。哈贝马斯(Juergrn Harbermas)就认为,在启蒙的中后期,出现在近代欧洲的各种形式的报纸刊物、多种类型的俱乐部、街头咖啡馆等形成了当时社会的"公共空间",人们在这样的公共空间里进行信息和思想交流,公开地使用理性、知识议论公共事务,批判政治权威。这些交流发生的媒介和场域,在形成中产阶级文化认同和思想共识方面发生着重大的作用。公共空间的结构及其所形成的舆论对于社会文化、社会结构的变化发生有着重要的影响和作用。②

这些研究揭示出新的媒介在社会现代性展开过程中所散发出的巨大能量:以较新型的连接和运作方式,在聚合

---

① 参见〔美〕本尼迪克特·安德森:《想象的共同体:民族主义的起源与散布》,吴叡人译,上海:上海人民出版社,2003年。
② 参见〔德〕哈贝马斯:《公共领域的结构转型》,曹卫东译,上海:学林出版社,1999年。

情感与共同想象、重新定位群我关系功能、政治统摄的专制管理之外生产出另外的空间，等等。可见，与资本主义各种要素结合的传播媒体确实是复杂多元的，具有极大能量。虽然安德森以东南亚地区的田野考察为研究依据，就问题意识和各种论述的言说对象而言，上述这些广被征引的研究都是以欧洲资本主义文明的撒播为思考出发点，或者说是以欧洲为中心、以欧美学术界为言说对象而展开讨论的，但它对于了解中国的现代过程仍然具有很强的启示性意义。在晚清民初的新文化形式和状态的发生过程中，人们是如何接纳新的印刷媒介以及与之相伴而来的"现代"思想的？新的文化想象如何通过新印刷媒介呈现出来？新旧媒介之间如何相互融合吸纳？对这些问题的追问无疑将为我们研究中国现代文学何以发生的问题打开新的空间。

因此，在本研究看来，中国现代文学的发生和演变，是技术、市场等来自"西洋"的被归纳为"资本主义"的要素所带来的一系列社会文化、思想状况、社会结构变化之一。而表现为各种器物、技巧的技术的变革不只是为新思想、新文化的传播创造了条件，其结果更并不只是由于在娱乐"消费"、欣赏玩味、教化的层面上抓住"市民"的心而赢得市场。质言之，以印刷技术为核心的文化生产方式和传播方式的变革，直接导致了新知识阶层的知识脉络的建立、社会关怀的养成，导致了新的社会形态及组织结构的形成，对想象并改造中国社会文化状况及其未来可能的知识、思想群体而言，有着直接的影响和作用。

晚清民初的社会文化变革不只是在思想文化的层面上因波澜壮阔的宣传、革命、运动而产生和展开，更通过新技术的运用，新文化和社会空间的拓展，新的社会基础力量的培养和新组织的逐渐形成来完成。技术、物质、对时间急迫的焦虑、资本主义的理性，所有这些表现为"西洋""现代"的东西，在这一具体的背景和文化状况下成为变革社会的重要方式。各种新式传播媒体被广泛运用。一大批开明的传统知识分子、新知识群体及职业革命者敏感察觉到这些技术所带来的新时代的变化，有意识地投身于传播媒介领域。传媒超越了简单的技术层面，引入了新的斗争场域和手段，对于新的思想运动及其方式的展开，成果尤其显著。

在这样的意义上，一代知识群体，以张元济为代表，不只是把文学、思想、文化当作该领域的知识本身，更把这些知识、思想的物质生产过程当作一种带动思想变革和社会运动的范式，一个想象和建构中国文化、民族国家认同的场域，一个打造新世界的运作空间。从这个意义上说，这一工作开创出了另类思想运动的空间和表现形式。

张元济的思想和事业确实体现了这样的思想运动过程。期冀于社会的改造需要培养出一个有新思想的良好的社会阶层，他决然退出官僚体制，经教育而转入出版文化事业，筚路蓝缕，从印刷技术的现代化出发，加入并领导新兴的文化出版事业机构。通过有计划地引进西方科学、思想、文学著作，编纂新式教科书，整理出版中国重要的文化典籍，整理、组织、重构中国新的文化和知识图景，他以现代出版的方式构建现代文化，想象中国的未来可能。从这样的意义上看，张元济及其时代的商务印书馆虽是一个文化"企业"，但在中国一代知识分子的文化建设和想象中，它完全超越了一般意义上的"企业"，其发生和发展的历史过程完全呈现出了传播媒介在社会变革过程中所展现的意义和作用。

以蔡元培（教育）、张元济（出版）为代表的一代转型期知识群体，不是以振臂一呼的激进宣传方式，也不是以传统文人"学而优则仕"进入既有体制的方式，而是借助现实的文化生产和操作，以一种近乎"实业家"的"有机"地"实做"的方式，艰难地建构了一种新的"体制"，推进着新文化的思考和想象。技术和传媒的变革在他们手上、在他们的心中是改变社会的有效方式，而不是仅仅流于对器物、技术的玩味。他们更没有沉溺于"商业""市场"的成功所带来的个人利益。

在这一过程中，张元济等人显然遭遇了新问题。印刷技术生产的是文化产品，同时也是文化商品。一旦进入资本主义商业和市场领域，就正如马克思所说，利润会成为资本的意识形态。

在20世纪90年代以来中国社会的文化状况里，无论是出版机构还是文学本身，都因为对市场、利益、消费的追逐和迎合，不断地以甩掉它之所以为之的文化承担为代价。在这样的时刻，将现代文学研究重新放回到一个能够不断问题化的场域，重新思考那些因现代"精英思想"忽略而遭遮蔽的文学和思想的生产可能，重新解释"五四"新文学是怎样在这样的空间中生长和变得"现代"的，重新思考类似于商务印书馆等文化生产机构怎样处理文学、思想的社会文化责任与印刷资本主义的商业诉求之间的紧张关系，从而为今天的人们处理社会的文化使命与个人利益欲望之间的紧张关系提供某种历史依据，仍具有一定的现实意义。

20世纪中国文学研究发展到今天，已经深刻地揭示了一个现实，即所谓纯文学、所谓文学本身的问题，同样是被深刻地裹挟在某种文学观念和追求背后的意识形态里的。一方面，在"纯文学"之外，文学的生产、传播和消费的循环如何发生，用皮埃尔·布尔迪厄（Pierre Bourdieu）的话说，文学场的生成及其结构对社会文化潮流、文学观念的形成有着极大的影响；另一方面，各种用以描述和归纳的概念都是在事后的总结和归纳中形成的，这与其说是对历史状况的呈现，不如说是表现了"知识"被规训之后的人们理性、现代的逻辑化的过程和结果。怎样解释中国现代文学的发生及其意义，与人们对于今天社会状况的理解息息相关。因此，引入文化研究的思想和方法对文学生产技术手段及其传播状况进行研究，或许还不是一个过于"泛化"和"外在"的问题。

本研究将以晚清民初若干出版机构和出版人对出版活动的组织和开展为中心，集中讨论印刷现代性的展开如何造就了中国现代文学的兴起。大致上从以下几方面展开。

其一，将从比较宏阔的思想文化背景出发，把论述的焦点放到晚清之际有影响的知识群体身上，讨论晚清的"崇实"思潮何以会发生，这一思潮对于一代知识群体理解民族—国家和文化的"现代"问题有怎样的影响，对于建设一种新的文化有怎样的想象，而以张元济为代表的知识群体为什么会将改造中国的希望放到印刷出版事业上。在这里将有选择地重点"呈现"晚清民初的知识和思想状况，看"精英"知识群体的思想和讨论是怎样让印刷技术变革成为改造社会的重要手段的，从而分析文学"与群治的关系"何以在那样的时刻通过印刷出版而发生。

其二，将从印刷技术的角度出发，回到历史发生的现场，具体讨论印刷技术是怎样在晚清民初发生转型并得以广泛应用的，不同的印刷技术又是怎样与不同的文化产品和文化形态发生勾连的,进而讨论印刷技术的生产可能性如何转变为文化生产的物质力量。

其三,将论述印刷技术的运用是怎样造就了类似于商务印书馆这样的出版机构。由于晚清民初知识群体"崇实"思潮和印刷技术变革所提供的社会变革可能性结合到了一起,印刷现代性得以发生和展开。该章将讨论类似于张元济这样的知识人如何通过印刷现代性的展开,参与和调整他们对于民族国家、文化建设的想象和建构;在印刷技术被广泛运用到文化生产的过程中,所谓"现代"的意识和观念是怎样渗透到文化生产的组织、机构管理、资本运营和管理等方面的。这些讨论中将牵涉的问题还有,印刷的现代展开何以能吸纳大资金的加入,印刷大于出版的新格局是怎样形成的,以及由于资本自身的逻辑和意识形态,现代管理和资本运作对理想中的文学文化建设带来的限制及问题。

其四,将从两方面"呈现"印刷现代性展开之后与中国现代文学的发生之间的关联。其一是众多中小型文艺类出版机构何以能够建立;其二是来自方方面面不同专业、职业的人事是怎样跑到"编辑出版"行业,从而导致多元而有活力的中国现代文学发生的。这部分的讨论将包括以下几方面:出版与新式教育;因为出版繁荣而带来的图书馆事业在20世纪二三十年代的发展;出版活动对于新的作者群、读者群的造就；新的出版机构及其生存状态，等等。用霍尔的概念表述，作为印刷现代性展开的重要结果，这部分将具体呈现中国现代文学发生过程中的文学状况，如何在生产、消费、规则等几个环节之间"在地"地"接合"在一起，从而形成中国现代文学的新的特点和可能。

最后，归纳性地，研究将集中从印刷现代性的展开这一角度进入，考察中国现代文学研究的发生，阐述得出的观察和思考。研究将特别从文学与传媒的关系问题、新文学与现代教育的共生性问题等方面，总结和归纳本研究的成果和结论。

需要说明的是，受论题和问题意识的影响，本研究将把比较大的篇幅放到文学的"外部"研究上，会不断地借用与"外部"接壤的传媒理论和文化研究理论来展开分析。但如果因此能让中国现代文学回到历史发生的时刻，重新召唤出文学与社会变化之间的深刻联系，找回它日渐失去的活力，那这种不同学科的"接合"方法或者正是它所需要的。此外，本研究的时段主要集中在 1897—1920 年之间，但上下期都略有延展。这是由于，1890 年代后期是雕版印刷技术日渐式微、活字铅印技术迅速兴起的重要时期，此后一直到 1920 年代，铅字印刷广泛运用，新文化运动和五四运动发生，新兴的文化出版机构非常普遍地出现，成为生产文学和文化产品的普遍力量，与此同时中国现代文学的多种要素、一些重要议题被提出并展开,一些新的艺术样式、重要作家和作品开始出现,中国现代文学在这一过程中兴起。用年份并不具体的"晚清民初"来指涉这个时期,主要是由于本书主要讨论的印刷技术的转变有一个比较长的历史时段,在对雕版印刷的论述中有不少会牵涉到更早的1880年前后的印刷文化状况。而在本研究看来,中国现代文学真正形成,成为某种"常态"①,是到了1920—1930年之间,众多主张和倾向不一的文学社团、期刊、出版机构的出现,重要的作家作品得到社会广泛"认同",以及《中国新文学大系》的出版。

---

① 这里借用了"常态"的概念,可参见陈思和:《先锋与常态——现代文学史的两种基本形态》,载《文艺争鸣》2007年第3期。

第二章

晚清"崇实"思潮与新印刷文化的兴起

一般对晚清到民初思想文化的论述,大多会沿着从"器物"而"制度"再到"文化"的逻辑展开。这也难怪,众所周知的"师夷长技以制夷""中学为体、西学为用"等观念演进,被整理得清楚了然,从晚清到民初以来的三大历史事件——洋务运动、戊戌变法、新文化运动,也都是沿着这一时间线索逻辑地展开的。不用说,类似的整理历史和知识的方式、看待世界的眼光,正是19世纪末期以来的社会"进化"观念作用于知识阶层的表现。

这样的理解很早就开始了。1922年,梁启超应申报馆之约总结过去五十年中国社会进化观念的变化,就将五十年的文化和观念分作三个时期:"第一期,先从器物上感觉不足",从鸦片战争开始,觉得外国人的船坚炮利,所以"福州船政学堂上海制造局等等渐次设立起来";"第二期,是从制度上感觉不足。自从和日本打了一个败仗下来,国内有心人,真像睡梦中着了一个霹雳。"以为堂堂中国衰败到这田地,就因为"政制不良,所以拿'变法维新'做了一面大旗";"第三期,便是从文化根本上感觉不足……革命成功将近十年，所希望的件件都落空，渐渐有点废然思返。觉得社会文化是整套的，要拿旧心理运用新制度，决计不可能，渐渐要求全人格的觉悟。"① 类似的民族—国家观念，以时间为线索的"现代"发展逻辑，即使在"善变"的梁启超那里仍然是强烈且"不变"的。这种历史观的影响巨大，1980年代中后期以来，费正清（John King Fairbank）主编的《剑桥晚清史》对晚清中国的思想文化论述，就将近代中国社会政治文化的变化归纳在"挑战—回应"模式中。待后殖民理论在学术界兴起，对西方中心论的反拨方才使得"挑战—回应"论的解释力令人狐疑。

然而，在本书看来，重要的不在于"挑战—回应""器物—制度—文化"等论述有效与否，而是在上述的理解中，器物技术、政治制度、思想文化是相对独立的三个方面，它们相互之间的关联并不密切，或者干脆就是割裂的。在可能的批判中，关于历史可能和未来道路这一问题的思考，上述论述的单面、线性特征显而易见，即使有所谓联系，也是被"归纳"出来的，那种深刻的"缠绕"状态并未得到呈现。它压抑和窄化了人们对于复杂历史实践的可能解释，限制了人们对于未来丰富的可能想象。

在晚近兴起的文化研究思考中，政治、经济和文化是

---

① 梁启超：《五十年中国进化概论》，载《梁启超文选》（下），北京：中国广播电视出版社，1992年，第527—537页。

互相建构的概念,并不是各自独立的。雷蒙德·威廉斯所理解的文化和物质活动就是不可分解的。他认为,物质生产、政治与文化体制和活动,以及意识之间具有不可分解的联系。在霍尔和杜盖伊等人对文化研究更进一步的讨论里,文化是内在于生产、消费、表征/呈现、身份、规管等五个环节的循环过程中的。这五者之间互相接合,每一个环节都与下一个环节相连并在下一个环节中重现。并且,这一相互扣连、影响的过程本身不是固定的,而是具有相当大的偶然性。在这个过程中,文化脉络尤其重要。① 具体到对晚清民初的社会文化变化讨论中,如果我们把印刷技术放到文化循环的某个环节,它就会成为另一个环节——比如如何形成新"制度"的环节——的一个要素。反过来也一样,当社会潮流都强调"制度"变革,把注意力集中于"变法维新"的时候,印刷技术的生产和变化就成为制度和文化习惯变化中的一个要素。这些各不相同的环节又以一种复杂和偶然的方式,不断地相互重叠、缠绕产生作用。文化的生产就是在这种重叠和缠绕中被建构、形成、呈现的。因此,考察某种新的文学、文化状况,需要把它纳入一个更大的社会变革、文化生产的状况中去。

---

① 参见[英]保罗·杜盖伊、[英]斯图尔特·霍尔、[英]琳达·简斯等:《做文化研究——索尼随身听的故事·导言》,第1—6页。

第一节　晚清"崇实"思潮

张元济等一代知识群体踏入社会变革洪流的时期，正是晚清社会处于李鸿章所谓"三千年未有之变局"的大时代。和很多汉语中被使用泛滥的词汇一样，这一说法在今天已经难以表达出它应有的震撼力了。但如果把19世纪末期和19世纪早期的中国加以比较，所谓大"变局"的意义大概能得到彰显。

与费正清对"晚清"的理解不同，海外汉学家魏斐德（Frederic Wakeman）曾将1800—1840年的中国称为"盛清"（High Ch'ing），而1840年之后的清史，从两次鸦片战争到甲午海战八国联军入侵，一路溃败，几乎就是一部屈辱史。强盛期清帝国的知识和思想，在"文字狱"的高压和科举取士的罗致之下，读书人大多也只是在宋明理学和今文、古文经学的格局下演绎考据和辞章。积久而成做考据则流于琐碎、谈义理者即失之空疏的格局。梁启超从学术思潮的角度总结说："晚明王学极盛而敝之后，学者习于'束书不观，游谈无根'，理学家不复能系社会之信仰"；"炎武等乃起而矫之，大倡'舍经学无理学'之说……扫架空说之根据。"也因此，颜元、李塨以为，"学问固不当求诸瞑想，亦不当求诸书册，惟当于日常行事中求之"。在梁启超看来，正是这样的类似于欧洲"文艺复兴"的反动"明学"的"复古"，使得思想学术和现实社会的变革结合起来。① 清代中叶开始愈演愈烈的捐官制度，更加剧了读书人脱离"纯粹"理学和经学道路的状况。

正如前面指出的，19世纪末期的清帝国，内忧外患接踵而至，整个社会弥漫着一股山河破碎、大厦将倾的哀挽气息。这样的现实状况，龚自珍直斥之为比乱世还糟糕的衰世："衰世者，文类治世，名类治世，声音笑貌类治世。黑白杂而五色可废也，似治世之太素；宫羽淆而五声可铄也，似治世之希声；道路荒而畔岸隳也，似治世之荡荡便便；人心混混而无口过也，似治世之不议。"② 人们行尸走肉般地生活其间，没有一个正常社会应该有的是非曲直，甚至连怨怼都没有，让人完全看不到希望。③ 因此，龚自珍要"我劝天公重抖擞，不拘一格降人才"，指望从人才的选拔上打开改造社会的缺口。康有为要借重释经学以"托古改制"④。1900

---

① 参见梁启超：《清代学术概论》，北京：中国人民大学出版社，2004年，第133—136页。
② 龚自珍：《龚自珍全集》，上海：上海古籍出版社，1999年，第6页。
③ 参见吴方：《末世苍茫：细说晚清思潮》，香港：中华书局，1993年，第29页。
④ 在梁启超看来，从庄存治《春秋公羊传》始，经刘逢禄、魏源、龚自珍，至康有为集大成，有《经学伪经考》和《孔子改制考》等著作，开自由研究之门。但此种研究，大抵抱"致用"观念，"借经术以文饰其政论，颇失'为经学而经学'之本意"，"而转成为欧西思想输入之导引"。（参见梁启超：《清代学术概论·二》）

年11月,杜亚泉自办《亚泉杂志》,看中的就是科学技术对于社会变革的作用:"航海之术兴,而内治外交之政一变;军械之学兴,而兵政一变;蒸气电力之机兴,而工商之政一变;铅字石印之法兴,士风日辟,而学政亦不得不变。且政治学中之所谓进步,皆借艺术以成之。"① 杜亚泉之所谓艺术主要就是指工艺,以为"二十世纪者,工艺时代"②。他们重视科学技术,反对空谈政治,进而认为科学技术是"固握政治之枢纽"。就是在此种情形之下,一种反对"放论空言"、拒斥闭门考据的思想和行为在晚清知识群体中弥漫开来。

伴随着学术思想界的这些动态和变化,"实学"思潮也在晚清士大夫之间逐渐形成。亦商亦士的郑观应撰写了令时人振聋发聩的《盛世危言》。他甚至为此开出药方,指出"其治乱之源,富强之本,不尽在船坚炮利,而在议院上下同心,教养得法。兴学校,广书院,重技艺,别考课,使人尽其才"③。有眼光的开明士绅和读书人群体看待、改造社会的眼光由此发生变化。

---

① 杜亚泉:《亚泉杂志》,见许纪霖、田建业编:《杜亚泉文存》,上海:上海教育出版社,2003年,第229页。《亚泉杂志》最初创办时多刊数理化论文及知识性文章,出版10期以后,改为《普通学报》,兼载时事及政治,为综合性刊物。
② 杜亚泉:《亚泉杂志》,见《杜亚泉文存》,第230页。
③ 郑观应:《盛世危言·自序》,陈志良选注,沈阳:辽宁人民出版社,1994年,第13页。

由于外来文明的冲击，所谓技术进步、商业发达、学校教育等近代观念和做法与国家民族的强弱存亡日渐深刻地关联起来。冯桂芬提出"倡西学、制洋器"，王韬提出"恃商为国本"，马建忠有所谓"富民"说，陈炽提出"富国"策，如此等等，都体现了这种思潮和社会变革的具体过程。在致梁纶卿的信中，郑观应直接申论说："欲强国先富国，欲富国先富民。而富民之道，则不外以实业为总枢。欧美各国历史昭昭可考。"① 虽然如郑观应一样，大多数士人都认识到"中国工商之一大阻力，即在官场矣"。但在大的政治制度和官僚体系无所措手之际，要使民族兴盛、国家富强，就必须发展实业。这也大致成为当时读书人和睁眼看世界的开明士绅的主要看法。②

当然，"救亡图存"、改造民族国家，实施起来也不像郑观应等人想的那么简单。在不同的时期，不同的人有不同的看法、选择和作为。在1897年给金莟仁的信中，郑观应说："查工艺一道，向为士大夫鄙为末技，谓与国家无足轻重。不知富强之国，首在振兴实业。改良制造，多设工艺厂，殚亿兆人之智力，阐造化之灵机，奋志经营，日臻

---

① 郑观应：《盛世危言后编》卷六，第10—11页。参见王尔敏：《清季知识分子的自觉》，载《中国近代思想史论》，北京：社会科学文献出版社，2003年，第80—139页。
② 参见丁守和：《中国近代思潮的思考》，载丁守和：《中国近代思潮论》，广州：广东人民出版社，2003年，第78—89页。

富强,以雄宇宙。"① 张謇和郑观应一样是近代具有救国理想和热忱的实业家先驱,他在给朋友的信中表达了自己的所忧所为:"马关约成,国势日蹙。私忧窃叹,以为政府不足责,非人民有知识,必不足以自强。知识之本,基于教育,然非先兴实业,则教育无所资以措手。故目营心计,从通还最优胜之棉产始,从事纱厂,自二十二年至二十五年,千艰万险,幸底于成。"② 作为职业革命家,孙中山甚至著有全面利用外资的庞大的《实业计划》,还以英文向世界发布过。与张謇的"棉铁主义"、孙中山的实业救国思想一样,康有为、梁启超的维新运动,也以"救亡图存"为号召。他们的"物质救国论"也大抵认为,要救国只有维新,要维新,必须立宪法、兴民权、设学堂、育人才,努力发展工商业,开发矿产、修筑铁路、制造轮船、兴办机器制造业等。

如此种种,崇尚"实学"的思潮就具体表现为"商战"观念的产生,正如中国台湾学者王尔敏所总结的,一是对帝国主义殖民扩张之反应及对列强经济竞争之仿效,二是对中国贫弱之自励自救,唤起奋斗之意志,对

---

① 郑观应:《盛世危言后编》卷七,第1页。参见王尔敏:《商战观念与重商思想》,载《中国近代思想史论》,第198—322页。
② 转引自王尔敏:《"中华民国"开国初期之实业建国思想》,载《中国近代思想史论续集》,北京:社会科学文献出版社,2005年,第341页。

于经济贫弱而产生的痛觉,以为民族争生存于现世之方法。①

如前文所论述,对于农业历史悠久的中国,两次鸦片战争以后,近代新兴之农工商矿完全被看作是外来的东西,以总括概念"洋务"名词称之。举凡对外交涉事务、西方新知乃至出洋留学,也都被认为是"洋务"。容闳、王韬、郑观应、李鸿章、丁日昌、盛宣怀、薛福成、张之洞、严复、康有为、梁启超等人,虽尚未形成整体实业的思想,却都提及仿效西方列强发展中国的农工业。其中若干人物及其行为之丰富的思想和意义,也大抵被概括在"中体西用"或"洋务运动"的笼统概念里。在这样义界宽泛的"洋务运动"的大论述之下,农工商矿不免受到忽视,更不用说其中的哪些思想得到认真地分析和研究了。

但在19世纪的中后期,一向在农业文明中受到轻视的、在大变革时代被笼统视为"洋务"的农工商矿业,与当时"最先进"的中国人的观念和作为联系在一起了。上述晚清人物的作为、取舍,酝酿累积后成就了清际社会思潮的大变化。实业概念在19世纪末到20世纪初期这十余年间迅速传播,以实业建设富强国家,成为当时一种自觉

---

① 参见王尔敏:《商战观念与重商思想》,载《中国近代思想史论》,第198—322页。

的概念。对于读书人而言,这一思潮把一般稍有理想的读书人从空洞无物的义理辨析和琐碎"无用"的考据中拉了出来,去思考一些与社会相关的东西,去学一些对社会变化"有用"的东西。所谓的"西学"也因此有了一个可以"附着"的"东渐""场域"。

这无疑为旧式读书人开出了一条新路。当时不少的读书人致力于挣脱"书册",转而"于日常生活中"求学问和社会变革的可能。故实业路线之外,军事救国、政治制度改革等路线上的探寻者亦不在少数,教育改革更是当时知识群体所勤力为之的。办教育开学校的重要性,梁启超在《变法通议》中所论或可为代表:"变法之本,在育人才;人才之兴,在开学校;学校之立,在变科举;而一切要其大成,在变官制。"① "变官制"虽然不是读书人所能作为的,但办学校搞教育改革却大可视作读书人的本业。办教育当然有多个层次,私塾之外还有学堂、会馆、学会,同一个层次中也有很多种办教育的尝试。比如,因对工艺技术之重视而办起来的职业教育就区别于当时的私塾教育,很符合当时的"崇实"思潮。

晚清之际兴起的职业教育、培训讲习等多个层面展开的多种形式的教育实践为北大和蔡元培作为一种"标志"

---

① 梁启超:《变法通议·论变法不知本源之害》,夏晓虹编:《梁启超文选》(上),第15页。

的形成构成了社会基础。① 就是蔡元培自己,在担任北京大学校长之前的1903年,也曾设立爱国学社,倡"广输文明""萌养国魂",为学界"放一线之光明"。

被称为中国近现代出版业第一人的张元济在踏入社会变革大潮之初的努力也是在教育方面,他倡办"健社",主持"通艺学堂"。张元济和蔡元培是同科进士,晚清翰林。1898年的戊戌变法是张元济进入晚清社会变革大舞台的开始,这既是他终身的痛,也是他一生的荣耀。"南洲讲学开新派,万木森森一草堂。谁识书生能报国,晚清人物数康梁。"②

即使在一个新知识、新思想激荡的时代,张元济也不是那种"一笔能当十万军"的开风气式的人物,但他却对讲时务西学的维新派有同志之感。甲午海战之后,痛感国家非变法不足以救亡图存,张元济与文廷式、叶昌炽、徐世昌、黄绍箕等人议论变革。后与陈昭常、张荫棠、周汝经等人组织"健社",其意也只在以文会友,学习西方的"有益之学",他自己则开始学习英文。在"健社"的基础

---

① 今天的人们谈到教育改革时,开口闭口必北京大学和蔡元培,在"现代"的大学教育以外,几乎看不到别的教育改造的作为。然而,从京师大学堂向后来"神话"一般的北京大学的改造虽并不是一个北大或蔡元培个人的特立独行的行为,却是在一个教育改革多层面展开之后的结果。在这个意义上,蔡元培和北大只是当时思想文化潮流改变的一个标志。
② 张元济:《张元济诗文》,北京:商务印书馆,1986年,第56页。

上,他以"艺可从政","约了几个大臣联名写信向各省督抚募捐",创办了"通艺学堂"。①

张元济的想法显然和当时思想界的启蒙思潮是一致的:"今之自强之道,自以兴学为先,科举不改,转移难望。吾辈不操尺寸,惟有以身先之。逢人说法,能醒悟一人,即能救一人。"② 内心的愿望虽然很急迫,但对外的说法和作为必须低调,尽可能不招惹是非。"强学覆辙不远,一切概从静晦,想不致有意外也。"③ 所以,通艺学堂的章程就特别务实,只说是"欲开风气,必先首善。欲宏造就,必资儒流。故此学堂设于京师,以待缙绅与其子弟有志于此者""欧美励学,新理日出,未知未能。取资宜博。故此学堂专讲泰西诸种实学"④。由于在总理各国事务衙门担任章京职务,痛感有能力办外交人员之不足,他希望把学堂办成训练现代技艺和见闻博广的外交人员的学堂。他认为,

---

① 据张元济《通艺学堂章程》的解释,是谓"国子之教六艺是职。艺可从政。渊源圣门。故此学堂名曰通艺",见《张元济诗文》,第100页。另外,张元济在《戊戌政变的回忆》中还谈到,"通艺学堂"的名字为严复所提议。由此可见,自觉规避政治上的正面撞击,转而在"实学"层面上达致社会改造的目的是当时某一类型知识群体的共识。
② 张元济致汪康年,载《张元济书札》,北京:商务印书馆,1981年,第9页。另可参见张树年主编:《张元济年谱》,北京:商务印书馆,1991年,第17页。
③ 张元济致汪康年函,1897年1月16日,载《汪康年师友书札》卷二十四,上海:上海古籍出版社,1989年。
④ 张元济:《通艺学堂章程》,载《张元济诗文》,第100页。

这两种人才在"渐进"的"救国"事业中将起重要作用。

非常值得注意的是,由于在通艺学堂中所学为"实学",学生为在京的政府官员和士绅的子弟,包括维新派的宿敌——御史杨崇伊的儿子也成为通艺学堂的学生。学堂教授英语、天文、地理。张元济还计划学堂发展到一定程度以后,可以教授军事、农业、商业、矿物学和一般科技。而英语之外的外国语还可以开设俄语、法语、德语和日语等。当时学会往往意味着集会活动并带有特定的政治目的,而学堂只是传播知识,相对低调和保守。所以也如前文所论述,即使再保守的官僚,也不能不认为,新技术和实学为大势所趋。

张元济这样的做法,完全不同于康有为、梁启超等人振臂一呼的行事方式;确实是很低调实在地为社会造就人才打基础。通艺学堂是张元济独立行世参与社会改造的重要一步。1898年6月16日,六品官员张元济能够得到侍读学士徐致靖的保荐,蒙光绪皇帝在颐和园召见,原因也正是张元济创办通艺学堂初具成绩而在士林中积累了一定名望。在这次仅有的觐见中,光绪和张元济所谈的也大抵是新学、学堂和人才培养问题。这种行为及其背后的思想,显然受到了前述"崇实"思想的影响,或者说是实学思想行为方式的一部分。

然而,低调的务实能在局部取得一时的成绩,却挡不住政局变化的大势。张元济的通艺学堂终于没有等到"艺可从政"的一天。戊戌变法失败,张元济受到"革职永不叙用"的处分,他的通艺学堂也只好关门大吉。当时天津的《国闻报》报道说:"北京向有通艺学堂,由已革刑部主事张元济创办。此学堂开设两年有余,堂中洋文书籍、图画以及仪器等件,亦均有规模……张主政因将学堂中所有书籍、器具及积存余款开列清单,呈请管学大臣孙中堂将通艺学堂归并于大学堂,闻日前已由管学大臣派人接收,然从前肄业各京官,则均已风流云散,不知去向。"[①]

京师大学堂是戊戌变法失败后之唯一幸存物,也是后来北京大学的前身。张元济所创办的通艺学堂能勉强以此留下雪泥鸿爪,也算有了一个交代,而他的教育救国之路从此却不能不换成别样的方式了。

第二节 智民救国:印刷媒介作为武器

办学之外,张元济所心仪的改造社会的手段就是借助当时新兴的传媒手段鼓动人心。就当时的社会氛围而言,甲午之战前后,各种新式报刊和出版物大量出现。1893年,《新闻报》在上海创刊,郑观应的《盛世危言》出版。

[①] 《国闻报》,转引自中国史学会编:《戊戌变法》第三册,上海:上海人民出版社、上海:上海书店出版社,2000年,第449页。

1896年，《强学报》在上海创刊，旋被查封。随即，以梁启超为总主笔的《时务报》在上海创刊。上海成为一个时代舆论和商业的中心。各种议论时局、专业的学会也相继在各地成立。在当时的各种媒介之中，与张元济走得最近的是《时务报》。该报总经理汪康年是他乙丑乡试同年，后被湖广总督张之洞延揽，1895年主持上海强学会，翌年经理《时务报》，在当时的舆论界造成很好的反响。

张元济显然是非常看重周围作为新式媒介的报纸和出版的力量的。他多次致信汪康年说："时务报馆之所为。盖先得我心矣。一。格致化学等学会。其名甚美。而其实未必有益。盖此时尚嫌躐等也。此时急务。总以鼓动人心为第一义。贵报已膺此任。"① 称赞《时务报》"以激士气，以挽颓波"。1897年6月，他更不厌其烦地接办了《时务报》在北京的派发售卖事宜。在当时张元济与汪康年的往来通信中，就不乏告知京师派报处的状况及建议："托朱志侯赴沪带交《时务报》三十份报资"，"设席与杨锐、冯志先商售报事，后即致电汪康年"。② 不仅如此，当梁、汪之间由于办报方针发生歧见以后，张元济也还多次信函往返于梁启超、汪康年之间，劝解调和梁、汪矛盾。针对《时

---

① 张元济致汪康年，《张元济书札》，第16页。
② 张树年主编：《张元济年谱》，第20—25页。

务报》所遇阻力,鼓励汪康年坚持努力。① 这些作为一方面固然体现了张元济等人借助媒介开阔视界、开启民智、鼓舞士气、崇尚实务的作为和表现,更重要的是,《时务报》京师派报处"编外经理"的实践工作为张元济提供了介入新媒介经营和管理的第一手经验,为他以后在上海南洋公学创办《外交报》、刊印各种书籍打下了基础。

戊戌变法失败后,张元济南下上海,被聘为南洋公学译书院院长。南洋公学系盛宣怀创办,属"官办商捐"性质。公学按西方教育体制分师范院、外院(附属小学)、中院(相当于中学)、上院(大学堂)以及译书院五院。公学旨在培养学生既"通达中国经史大义",又精于"工艺、机器制造、矿冶诸学"。译书院创设于1898年初,主要译印"东西文政学新理有用之书"。日常的工作则是选能译能文学生,将图书馆所藏东西各国新书,择要翻译,陆续刊印。当时聘有日籍多人,大量翻译日文著作。②

张元济就任译书院院长职后,特别注重引入和介绍对中国思想和制度的改造有意义的作品,规划了多种关于现代西方政治、法律、经济、商务等方面的主要著作。从翻译书目的制定到译者的选择、译费的厘定,都得到了严复

---

① 参见张树年主编:《张元济年谱》,第22页。
② 参见张树年主编:《张元济年谱》,第30页。

的帮助。亚当·斯密（Adam Smith）《原富》（*An Inquiry into the Nature and Causes of the Wealth of Nations*）就是由译书院邀约严复首次翻译出版的。因此，说张元济从南洋公学译书院开始，就走上了以组织出版来改造中国思想界的道路，显然需要更多的论述，但译书院工作对于张元济的意义，或者说张元济对此的自觉性大概是可以得到确证的。当是时，严复曾致函张元济，曰"民智不开，则守旧、维新，两无一可"，"但令在野之人，与夫后生英俊，洞悉中西实情者，日多一日，则炎黄种类未必遂至沦胥，即不幸暂被羁縻亡国，亦得有复苏之一日也"①。译者和策划出版人之间具有共同的理想和追求是他们从事共同事业的基础。以翻译西方的思想著作来启蒙中国思想，复兴中华民族文明，这在严复和张元济都是非常显然的。

南洋公学的组织编译活动之外，创办《外交报》对于张元济等一代知识群体也是极有意义的。由于曾经在总理各国事务衙门担任章京职务，直接处理过外交事务，张元济对于外交特别地关注，特别有感于外交人才的缺乏。通艺学堂之设立，最初的主要目的就是培养大量的外交人才。在上海的生活基本安定后的1901年11—12月间，张元济就与蔡元培等人筹办《开先报》（取英语前队、冲锋之义，

---

① 转引自陈应年：《严复与商务印书馆》，载《商务印书馆九十年》，北京：商务印书馆，1987年，第512页。

后改名为《外交报》，本书概以《外交报》称之）。办报的宗旨，如蔡元培所撰《叙例》云："夫思想顽钝，赖言论以破之……同人有鉴于此，议发旬报，荟我国自治之节度，外交之政策，与外国所以对我之现状、之隐情，胪举而博译之，将以定言论之界，而树思想之的，为理论家邮传，而为实际家前驱。"具体的取稿标准，则"以有裨实际为宗旨，凡放言琐事不录焉"①。据《外交报试办章程》，该报为非营利的同人报刊，初拟筹资五千元，实际由张元济、蔡元培、赵从藩、温宗尧等人集资募股得四千四百元创办。当时，蔡元培一直在忙于中国教育会、爱国公会等事务，后更去了德国留学，殊难顾及《外交报》事务。第一期募股之后，赵从藩也不大见参与。从组稿、部分文章的撰写、联络印刷和发行到资金的周转，整个报纸的运转和操作基本全赖张元济操持。② 从 1901—1910 年，《外交报》办了十年共 300 期才停刊。在那样一个时代，这不能不说是一个奇迹。《外交报》的创办寄托了张元济智民强国的理想，是其实务思想、认真、韧性和编译组稿能力的一个重要佐证。也由此，张元济迈出了从"英才教育"到"国民教

---

① 参见蔡元培：《外交报叙例》，转引自张树年主编：《张元济年谱》，第 39 页。
② 参见汪家熔：《大变动时代的建设者》，成都：四川人民出版社，1985 年，第 39—42 页。

育"——转向从事编译书报和新式媒介出版事业的重要一步。

但上述工作的对象主要还是在精英知识群体。戊戌维新失败后,张元济决然离开北京南下上海,本就有对当时政治精英、某种类型知识群体和士绅之"无可为"的告别意味。他更看重的是广泛的普通大众。

所谓"崇实",大抵也是要在下层落实了才有意义。在代任南洋公学总理期间,开设南洋公学经济特班,着眼于高级人才的培养,44名学生都是有较好的传统学术素养而愿意学习西学的人,目的在于改造原有读经书的学生使其能从事实务。此时的张元济是明显的英才教育。

大约在1901—1902年间,张元济的教育思想有了很大的变化。他觉得只注意培养高级人才是不可取的。因为"念念在育才,则所操者狭而所及者浅"。因为读书不是为了做官,而是以"使人明白为第一义",所以,"无良无贱、无智无愚、无长无少、无城无乡,无不在教育之列"。"普通而不可言专门,则必先初级而不可亟高等。"[①] 1901年10月5日,他致盛宣怀书,云:"国家之政治,全随国民之意想而成。今中国民智过卑,无论如何措施,终难骤臻上理。国民教育之旨,即是尽人皆学,所学亦无须高深,

---

① 上述4处引文参见张元济:《答友人问学堂事》,载《教育世界》壬寅2期。转引自《张元济诗文》,第170页。

但求能知处今世界不可不知之事，便可立于地球之上……今日世运已由力争而进于智争……智争之世，则不得不集全国之人之智以为智，而其智始充。"① 在此前半年，他还呈请盛宣怀开办南洋公学附属小学，说是"窃维教育之方，莫先蒙养"，及南洋公学附属小学如期开学，张元济即以为"一切需用课本编译亦未完备，临渴掘井，窒碍尤多。当与同人拟定规则，先行试办。并将课本从速编译，以便施教"。②

显然，通过这样的方式，新式的教育思想和广大的人才才可以更迅速地培养出来。不仅如此，他还主张教育的大权要掌握在中国人自己的手中，"勿以外人主持学事……国家之气恃教育以维系之。此为何事。岂可授之外人者"，"彼见吾国人之中无所主也。乃阴使其攘窃之计。不肖者肥其囊橐。行狡黠者植其羽翼。而学堂人才遂不复为中国有矣。"③ 他认为教育的关键和归宿是"意之在欲取泰西种种学术。以与吾国之民质、俗尚、教宗、政体相为调剂。扫腐儒之陈说。而振新吾国民之精神"④。张元济无疑是有强

---

① 参见张树年主编：《张元济年谱》，第38页。
② 参见《交通大学校史资料选编》，转引自张树年主编：《张元济年谱》，第36页。
③ 张元济：《张元济诗文》，第171页。
④ 参见张元济：《答友人问学堂事》，载《教育世界》壬寅2期。转引自《张元济诗文》，第171页。

烈的民族自主性和对中华文明的自信的，他的教育和编译出版也在这个意义上统一在一起了。通过自己的实践和工作，张元济依稀看到了一条以推广普通教育、舆论传播、编译出版来启蒙大众的道路，眼前急切不可为，但寄望于下一代，寄望于将来挽救民族国家光大中华文明。类似的改造社会的思想躁动不止于士绅、读书人阶层，更成就了当时社会各阶层参与社会变革的潮流事业。19—20世纪之交勃然兴起的白话文报刊，也可以看作对这一思想潮流的呼应。

白话报纸的大量出现是在1900年以后，创办者多是为了开启一般下层社会"愚夫愚妇"的智慧。白话报刊的创办人牵涉社会的多个层面，当时的思想界和知识精英也都注意到了这些社会变化。严复就以自己的观察说："此时外间欲办报馆、译局者甚多。"① 自1872年《申报》创刊，1901—1911年间，创办的中文报刊有486种之多。② 其中，白话报刊就有111种。③ 白话报刊的创办自1897年才开始。发展如此之迅速，主要也是由于当时的知识阶层已经深刻地意识到了唤起民众的重要性。就是提倡实业救国的一批，

---

① 严复致张元济信，1901年4月25日，王栻主编：《严复集·第三册·书信》，北京：中华书局，1986年，第540页。
② 参见陈江：《1901~1911年我国中文期刊空间分布》，载《编辑学刊》1992年第4期。
③ 参见蔡乐苏：《晚清民初的一百七十余种白话报刊》，收于丁守和主编：《辛亥革命时期期刊介绍》第5集，北京：人民出版社，1987年，第493—538页。

在实务操作之外还得以报刊作为舆论阵地,以"鼓动人心",商业上的推广也需要大众媒介提供广告阵地。当时的士绅,就在很多地方设立学会、学堂、报馆、书局,进行宣传教育和组织活动。以"变官制"或推翻清朝统治为志业的,对媒体的重视就更不待言了。

那些后来叱咤风云的新文化运动闯将,在这一时期也以新式媒介作为他们在"铁屋子"里呐喊的手段。1903年,林白水创刊《中国白话报》,看中的就是白话在启发下层社会革命意识中的作用。他在发刊词中直接说:"现在中国的读书人没有什么可望了,可望的都在我们几位种田的、做手艺的、做买卖的、当兵的以及那十几岁小孩子阿哥、姑娘们。"[①] 1904年陈独秀在主编《安徽俗话报》时也有类似的考虑。在解释该报创刊的原因时,陈独秀注意到那些读书不多的人的需求。他说:"现在各种日报旬报,虽然出得不少,却都是深文奥意,满纸的之乎者也矣焉哉字眼,没有多读书的人,哪里能够看得懂呢?这样说起来,只有用最浅近最好懂的俗话,写在纸上,做成一种俗话报,才算是顶好的法子。"[②]

---

① 转引自李孝悌:《清末的下层社会启蒙运动:1901—1911》,石家庄:河北教育出版社,2001年,第22页。
② 陈独秀:《开办俗话报的缘故》,载《安徽俗话报》1904年第1期。转引自唐海江:《清末政论报刊与民众动员:一种政治文化的视角》,北京:清华大学出版社,2007年,第307—308页。

创办白话报的目的，显然是使大量没有受过太多教育的人，能够通过这一新兴通俗的媒介方式去接触新知识、新思想。但它们所设定的对象，很多时候并不局限于下层社会①，因此实际的阅读者、范围，以及影响所及也更广。白话报刊运动在晚清末年的出现及其影响已经受到学界的广泛关注。在《清末的下层社会启蒙运动：1901—1911》《胡适与白话文运动的再评估》等著述和文章中，中国台湾学者李孝悌从白话报刊与宣传品（包括传单、政府的通告等）、阅报社的建立及其作用方式，以及遍布于清末社会各个行业的"志士"进行的各种各样的宣讲、讲报、演说、戏曲表演等娱乐方式，再现了从清末社会下层开始展开的各种各样的文化改造运动，指出白话文成为清末最后十年间社会启蒙运动展开的主要手段。② 这些下层社会的启蒙运动与当时知识阶层、思想运动、波澜壮阔的社会革命呼应，丰富了一个时代的历史画卷。

白话报刊和以几何级数增长的印刷品的出现，初露头角的各种类型印刷机构的兴起，使晚清的印刷文化呈现出

---

① 林白水在《中国白话报》第11期《通信》中说："我这报并不是一直做给那般识粗字的妇女孩子们看的，我还是做给那些比妇女孩子知识稍高的人看，教他看了开通之后，转说把（给）妇女孩子们看，这叫做间接的教育，所以说话不免高些。"所以，就当时的知识状况而言，白话报其实还是办给读书人看的。
② 参见李孝悌：《清末的下层社会启蒙运动：1901—1911》，第16—33页。

不一样的面貌和功能。在中国的印刷业发展历史中，明清的刻书，无论官刻、私刻、坊刻，都有相当大的规模。这些刻书的目的和影响当时大都不涉及中下层民众的文化运动和社会改造，只是一般意义上的印刷出版（关于不同印刷技术形态及其生产的文化产品状况，下一章会作详细讨论，这里暂不展开），但现在印刷所面对的情形就不一样了。印刷、救国、启蒙民众，印刷作为一种传播舆论的媒介方式体现出它在铸造社会文化、联结不同社会阶层上的功能，从而开辟了一种新的印刷文化。新的印刷文化既是知识和思想面向大众的重要环节，也是印刷现代性在整个晚清民初展开的一个重要步骤。

新的印刷文化形成得益于读书人和知识群体对媒介变化及其可能产生的力量的重视。在整个过程中，读书人自己的知识形态和问题产生的方式也发生着变化。19世纪初叶，清帝国从盛清走到晚清，在这个由强盛向衰落的迅速转化中，晚清社会大部分有识的读书人和开明士绅，无论他们有怎样的社会地位，是不是取得了科举制度下的"功名"，都开始从"无用之学"的义理考据和辞章中挣扎着走出来，摒弃空洞的理学和经学，到日常生活中求"有效"的思想和行为。他们期冀于自己的思想和作为能对社会变革产生某种实际的意义。作为一种取代义理和考据的学问和思想方式，"崇实"的作为和各种实际的操作本身就构成一种思想潮流，成为晚清社会和思想变化的一个重要组成部分。"崇实"思想成为潮流，"商战救国""实业救国""教育救国"等思想和行为在不同的群体和区域得到实践和展开，构成一种新的"现代"地理解社会生活和文化、改造社会的思想和进路。

由于从"实学"思想演变而来的对物质文化的重视，新的印刷技术的日趋成熟被晚清知识群体深刻敏锐地感知到，新媒介的技术进步及其背后所潜藏的巨大可能性才得以从思想文化和社会改造的层面展开，或者说，所谓"启蒙"才得以传布，较低层次教育活动的展开，俗话报等大众媒介才能成为"启蒙"手段的一时之选。甚至可以说，清末的知识群体就是以对这些"技术"的敏感为条件，从而形成了新的"智民救国"思路的。在张元济等知识群体周围笼罩着一股以出版实务智民救国之气。新媒介出版的力量逐渐得到重视，被看作社会改造的重要武器。在一个"雪耻图强"的时代里，新生事物总有着极强的感染性。"托之空言，不如见诸行事。"新的认同一旦形成，知识群体或所谓的"有志之士"就会把议论化为实行。这一思想和行为的逻辑，中华书局的创始人陆费逵说得非常直白："我们希望国家社会进步，不能不希望教育进步；我们希望教育进步，不能不希望书业进步，我们书业虽然是较小的行业，但是与国家社会的关系,却比任何行业大些。"① 白话报刊的创办、张元济等人的思想和行为,正是这一思想逻辑下的实践和作为,只不过他们的思考更为复杂,而表述不是这样直白罢了。

正是在这样的思想和文化氛围之下,张元济投身于出版事业,完成了他从办外交争气、办学堂育人,到以出版"扶助教育"而形成"出版救国"思想转变。② 1901年,张元济和印有模一起入股商务印书馆。在商务印书馆共计5万元的股本中,商务印书馆原有资产折合26 250元,张、印共投资23 750元。1902年初,据《张元济年谱》记载,张元济应夏瑞芳之邀,坚辞南洋公学所有职务,正式加入商务印书馆。③ 对于这样的结合,张元济自叙"昔年元济罢官南旋,羁栖海上,获与粹翁〔夏瑞芳字粹方〕订交,意气相合,遂投身于商务印书馆"④。

在一个科举功名仍盛、等级意识强烈的时代,张元

---

① 陆费逵:《书业商会二十周年纪念册·序》,载《进德季刊》第3卷第2期,上海:中华书局,1924年。转引自俞筱尧、刘彦捷编:《陆费逵与中华书局》,香港:中华书局,2002年,第440页。
② 这里需要特别指出的是,张元济之加入商务印书馆是在1902年初。前述讨论的白话报等媒介出版活动,不少发生在此之后。但在本书看来,纸质印刷作为一种发明较早、应用性较强的技术,1900年前后的文化人对于出版活动有着特别的敏感,并将之应用到了多个方面。
③ 张树年主编:《张元济年谱》,第42页。
④ 张元济:《为辞商务印书馆监理职致商务印书馆董事会信》,载《张元济书札》,第263页。

济能与当时炙手可热的大资本家盛宣怀告别,放下当朝翰林的学者身段,与一个工人出身的印刷业主"意气相合",如果不是对旧式知识和问题方式有发自内心深处的决裂,不是对从事"实务"工作的劳动者在变革时代的意义有强烈的认同,不是对新的出版媒介事业及其意义有深刻的认识和坚定的信心,这样的结合对谨慎认真的张元济来说,是不可能的。正是看到了新的印刷文化对于一个新的社会的潜在力量,"张菊生(元济)、蔡鹤卿(元培)诸先生,及其他维新同志,皆以编译书报为开发中国急务,而海上各印刷业皆滥恶相沿,无可与谋者,于是咸踵于商务印书馆,扩大其事业"①。张元济的思想和行为确乎是当时知识群体投身于新的印刷出版事业的一种代表。

晚清民初的知识群体感到了原有的官僚系统之腐败、原有知识方式之无可为,认识到了必须以新的知识和作为对社会发生影响。他们将改造中国的希望放到已经呈现出某种气象的新印刷文化上。但一种新印刷文化要大规模推开,开创出与此前不同的局面,仅仅有知识精英层面的探讨和作为是不够的,印刷改造历史的可能更需要具体的印

---

① 杜亚泉:《记鲍咸昌先生》,载《商务印书馆九十年》,第9—10页。

刷技术力量和大规模运用的过程来实现和推广。就本研究而言，上述的讨论还只是呈现了新的印刷文化历史状况变化的一个方面，更重要的，晚清民初的印刷技术到底发生了怎样的变革，不同的印刷手段及其技术特点对于社会文化的生产到底意味着什么，这些技术的变革又是如何完成并与当时知识群体的思想行为相互呼应的，下文将做进一步的讨论。

第三章

文化的生产:"赖印刷为之枢机"

第一节　晚清民初的印刷技术

印刷之事并不简单是印刷工艺本身。尤其是当大规模的印刷工业展开之后，它牵涉多个方面的配合，比如技术、资金、市场、发行方式等。即使单就技术而论，牵涉制版、活字拼版、油墨、纸张等。说得更笼统一点，它牵动着整个社会的文化再生产。19世纪中后期，中国的出版印刷是一个多种印刷方式并存的状态。仅就汉语印刷而论，从官办的印刷机构，到新型学堂、学校甚至私人兴办的印刷企业，都以不同的方式和状态存在着。就技术方式而论，木板雕刻、石印、活字铅印等在不同的时期存在着共存以及此消彼长的历史过程。非常值得注意的是，这些技术方式的变革、被采用场域的变化与阅读者主体的变化、文化的生产和再生产机制等，密切相关。由于学科的分割和研究重点的不同，在过往的研究中，专家学者们更感兴趣的是自己所在学科的知识变迁：研究编辑史的关注的是书籍编辑内容的增删取舍，研究印刷史的关注的是印刷技术的改进和变革。但正如上文所指出的,稍稍跨越学科分界的,如印刷书籍作为文化再生产的层面就比较少受到关注。以下分别透过对雕版、石印、铅印三者的不同印刷技术原理、特点及其在晚清民初的运用状况的呈现,来解读印刷和书籍的文化再生产与社会状况的关系。

一、雕版印刷和文化形态

以印刷技术而论,晚清时期虽有雕版、石印、活字铅印等多种技术方式可供选择,但仍然是雕版印刷最为广泛。雕版印刷的技术特点比较简单,需要的工具和材料也简单,大抵只是各种样式的刻刀、木槌等。耗费比较多的是木材,通常是枣、梨、梓木,也有用黄杨、银杏、皂荚等树木,大抵要求木质纹路细密,质地均匀,易于雕刻,同时也要求木材的干湿对比度小,其次要资源丰富,便于取材。印刷所用的墨汁,大抵是以松烟或油烟为原料,加以用动物皮夹、鱼鳞、鱼膘等熬制的胶质制成。据考证,油墨在中国3世纪初就有了。[①] 这些对于有几千年农耕历史的中国社会而言不是难事。剩下的就是雕刻制版和印刷了。外国人傅兰雅(John Fryer)说:"中国刻板法,将书以宋字写于

[①] 关于雕版印刷的技术和程序,可参见钱存训著、郑如斯编订:《中国纸和印刷文化史》,桂林:广西师范大学出版社,2004年,第176—183、215—226页。

薄纸，反糊于木板，则用力剒劂。书中所有图画，则有画工摹成，同糊板上镌之。"① 傅兰雅所谓的"宋字"，就是我们今天普遍采用的宋体字。"宋体字"并不是宋代开始的，而是出现于明朝万历年间，也被日本人称之为"明朝字"。"明季始有书工，专写肤廓字样，谓之宋体。"② 这种字体非颜（真卿）非柳（公权）、非欧（阳询）非赵（孟甫），糅杂了各体的长处，横轻竖重，适于写版，美观实用，很对中国旧式文人的口味。

雕版印书的数量和速度，大抵因为耗的只是时间和人力，所以在古代中国根本不是问题。按照哈罗德·伊尼斯的理论，传统中国文化注重的是流传"时间"之长而不在于传播"空间"之广。因此，能以漫长的时间和廉价的人力解决的事情都不值得一提，所以记载很少。反而是外国来的传教士比较敏感，利玛窦的《利玛窦中国札记》里提到，一个熟练工人，每天可以刷印 1 500 张，19 世纪的英美来华传教士记载则说大约可刷四五千张。为保护木板，一般木板最好连续使用 50 次就要停下来，几个月以后才能再用，印数大约在每次 50 部，至于刷印版次则视需要三两

---

① 傅兰雅：《江南制造总局翻译西书事略》，载张静庐辑注：《中国近代出版史料》（初编），上海：上杂书店，1953 年，第 18 页。
② 参见贺圣鼐：《三十五年来中国之印刷术》，载张静庐辑注：《中国近代出版史料》（初编），第 262 页。

第三章 文化的生产："赖印刷为之枢机"

次不等。① 所以古代的那些典籍流传下来的少，除代代相传、代有损毁的原因外，当初生产的就少，一般书籍大约只印百把几十部，与今天动辄几千上万的印数不可同日而语。版刻之珍贵及其在当时社会所具有的意义也由此可见。

雕版印刷在中国开始使用的历史，虽然有汉代就使用雕版印刷的说法，但从最保守的唐代开始计算，到晚清也有一千多年。这期间主要使用雕版印刷术印刷图书，技术成熟，各种生产用具如用纸、木板、机架、油墨，装订用的棕、丝线等已经形成生产供应线，甚至装帧方式、使用者的审美习惯也已经稳定。因此，直到19世纪中后期，不仅中国传统的经史子集，甚至江南制造总局翻译馆所译物理化学等自然科学书籍的印刷，也都是以雕版为主。傅兰雅1880年撰写的《江南制造总局翻译西书事略》对此有很详细的记载："既脱稿，则付梓刻板……近来上海多用铅字活板，印中国书籍甚便。局内亦有一副铅字并印书架等。然所译格致书，仍用古制而刊木板，以手工刷印。此法为欧洲初有印书法之先多年而中国已用者，较铅字活版更省更便。其板各页等大，略宽八寸、长十二寸、厚半寸，每板两面刻字，每面当西书两面之用，可见一书全板占地无几。有云：

---

① 参见刘乃和：《从〈励耘书屋丛刻〉说到中华书局——陈垣生前著作的出版情况》，载《回忆中华书局》（下编），北京：中华书局，1987年，第48页。

'刻一木板，较排活板所贵有限，且木板已成，则每次刷印，随意多寡，即只印一部亦可。'"① 从傅兰雅的记述可见，作为一种新技术的金属活字虽然被引进了，但印刷还不成熟，社会对某一种书的需求量也不是特别大，因此读书界大抵喜欢选择雕版印刷，觉得方便好用，没有什么不合适的。

晚清到民初，按照一般的划分方法，雕版印刷有官刻、私刻、坊刻三大系统。官刻从1840年武英殿刻书之后的各种官书局算起，比较著名的有1863年曾国藩创立的金陵书局、湖北崇文书局（1863）、杭州浙江书局（1867）、成都四川书局（1871）、太原濬文书局（1879）、广州广雅书局（1886）、北京强学书局（1895），等等。主要刊刻的书籍包括《四书》《十三经》《二十四史》《康熙字典》，以及各地舆图通志等。晚清民初著名的私人出版家有缪荃孙（1844—1919）、王先谦（1842—1917）、叶德辉（1864—1927）、刘承干（1882—1963）等，他们本身也是著名的学者和藏书家，刻印的书籍包括缪氏《云自在龛丛书》19种、《烟画东堂小品》12种，王氏《汉书补注》、校勘本《东华录》、《东华续录》，叶氏《观古堂藏书目》《藏书十约》，刘氏《嘉业堂丛书》56种、《明史例案》等。坊间商办营利性的书肆和书坊比较集中在上海、北京、广州、

---

① 傅兰雅：《江南制造总局翻译西书事略》，载张静庐辑注：《中国近代出版史料》（初编），第18—19页。

苏州、南昌、成都等地，刊刻各种流行古籍如《诗经》《千家诗》《昭明文选》，各地名家望族预订有文集、著作等，如《冬心先生集》。①

雕版印刷在技术和习惯上之成为19世纪晚期中国典籍类图书印刷的主流技术，还有一个重要原因，就是它的印制成本低。1880年以前，由于成熟的技术和已经形成惯性的原料供应渠道，作为传统的工艺和生产流程，雕版的造价相对于不成熟的活字铅印而言也很有优势。同样是傅兰雅的记录，"若照西法以活板印书，则一次必多印之，始可拆板；设所印者年深变旧，或文字错讹，则成废纸而归无用。惟中国法则不然，不须巨资多印存储；若板有错字，亦易更改；而西法已印成书，则无法能更改也。有云：'最能印书者，一日可印五千页，不用印架，不需机器，俱以手工手器印之，而工价亦廉，每四工约得洋一圆。'印书之纸为上等连史纸，另一种次者为赛连纸，较连史纸价扣八折。书用白丝线装订，较平常书籍格外精致，甚合于学士文人之用"②。看到一个外国人这样记述中国的技术，常常不免令人发思古之幽情，为中国古代有这样先进的技术而感慨。

---

① 关于晚清民初各官书局、私刻、坊刻的详细情况，参见范慕韩主编：《中国印刷近代史：初稿》，北京：印刷工业出版社，1995年。
② 傅兰雅：《江南制造总局翻译西书事略》，载张静庐辑注：《中国近代出版史料》（初编），第19页。

这样的情绪和选择在传统学术研究和学者之间或者要更令人留恋一些。它牵涉到著作者对印刷技术的选择。半个多世纪之后的1950年代，雕版印刷几乎完全为铅字排印所取代，但仍然有不少学者希望用雕版刻印自己的著作，觉得这样或更古雅也更方便读者。著名历史学家陈垣在1955年之前的著作就都是用木板刻书、自编自印的。

再以《元典章校补》的刊印为例。在此前有元朝官修《元典章》，记载元英宗以前的典章制度，为《元史》所未录，史料价值极高。近代有沈家刻本，字体、刊雕、款式都很精美，但校勘粗疏，谬误百出。1925年陈垣为清室善后委员会工作，在紫禁城发现了明代著名汲古阁主人毛晋藏本《元典章》。于是以沈刻本为底本，用毛晋藏本、巴陵方氏旧藏本、南昌彭氏钞本、涵芬楼藏吴氏钞本等五个版本对勘，陈垣校出沈刻本讹误、衍脱、颠倒、妄改等问题凡一万二千多处。这些校勘出的成果，陈垣一方面自己写成著作，另一方面，就将错漏的页面仿沈刻本相同格式的木板、版型、字体，加以刻印、装订，成书《元典章校补》五册。在当时的读书人特别是陈垣看来，有了这个木刻本，凡藏有沈刻本《元典章》者，将所补部分拆分插入全书，则完整无缺，可成整体，美观方便好用了。① 此后，陈垣

---

① 参见刘乃和：《从〈励耘书屋丛刻〉说到中华书局——陈垣生前著作的出版情况》，载《回忆中华书局》（下编），第42—56页。

的著作大多自行雕版刊刻。著作刻印完成,大部分赠送给了高校、研究机构和图书馆,也有书店来代读者购买的,但价格就比较贵,从印数和书籍的类型看,买的人显然不会多。①

相对于欧洲 15 世纪金属活字印刷技术被广泛运用之前的书籍流传仰赖于手抄本,雕版印书节省了大量的人力和时间,给图书的传播带来了革命性的进步。中国古代文明之发达、之足以傲世的原因也在于此。但雕版书的缺陷也是显而易见的:雕版技术难以掌握,不便推广普及。刻成一部书版,要花费大量的人力、时间和木材,每种书雕刻一套版,虽然傅兰雅说"一书全板占地无几",但那是一本书,对于长时间从事刻书事业的工场和作者而言,一部大部头的书往往要成千上万块版,而一部书版印用一次之后,往往要存放十几、几十甚至上百年,还要面对因天气潮湿而发胀腐烂、天气干燥而导致的版型干裂变形、火灾虫蛀等问题,管理是极为困难的。科学的进步、技术的发达,从长远的历史来看,当然是后胜于先,但一个时期的技术应对的是一个时期的需要。这些难以克服的困难显然显露出雕版印刷的技术盲点和文化困境。

在上述困难中流传广泛的中国雕版印刷技术本身就展

---

① 参见刘乃和:《从〈励耘书屋丛刻〉说到中华书局——陈垣生前著作的出版情况》,载《回忆中华书局》(下编),第 48 页。

现了某种程度上的工艺和文化。在这样一种文化生产方式下，也形成了与雕版、刊刻等生产特点相适应的著名的以"考证""校勘"为特征的"乾嘉学派"的学问生产方式，形成了以藏书、刻书来聚集财富、传播文化的文化传播方式，形成了玩味版本、传承文明，同时也建构了某种精神气质和身份的社会认同方式。但另一方面，由于一套书的印数只有百把几十部。大多数官刻是因了地方大臣个人对于刻印书籍之意义的认识和理解而创办的，书局的运营费用要靠国库和地方财政来支持，刻经（包括佛教经书）或者刻典多依官员的心愿，地方官员的职务变动也直接影响到书局的生存，书局刊刻需要"政治正确"是毋庸置疑的，但知识的更新，思想和知识的系统性，由刻书展现出的文化的计划性就谈不上了。殿刻要体现的则更是皇家的心意，其刊刻大多供皇家收藏、馈赠之用，所谓藏之内府，彪炳千秋。就像今天人们喜欢追求世界第几的标志性建筑一样，皇家刻书讲究皇家气派，求全要大。

由于雕版的印刷数量、纸张、装订技术等方面的原因，需单面印刷，那些大而全的大部头够大够重，价格自然也很不菲。如今天的读者知道得比较多的《康熙字典》，因为要"以昭同文之治，俾承学稽古者得以备知文字之源流，而官府吏民亦有所遵守"，算是要普及流通了，仍然要"版藏大内"，不好随便刷印的，岂是一般老百姓能够购得的？

武英殿设有"售卖处",但仍然要逐笔记录所卖书名、收银数量、买书人姓名。《康熙字典》是皇帝让编的,那么一部大字典,刻校错误一定免不了,但仍然不好随便翻刻和校改,不然"篡改钦定文字"之罪谁人能当?就是后来崇文书局的翻刻,也是经奏请皇上恩准后才进行的,而且也只是按原书覆刻。所刻比现在的4开本还大,也就是现在一般32开书籍的8倍大还多,4000多页装订起来是42大册。这样一部《康熙字典》所要求的阅读条件和购买条件也就可想而知了。因此,尽管当时《康熙字典》已问世200多年,但传布极少。[①]

回头再看私刻和坊刻的情况。按说,相较于官刻,这两类刊刻从投资到整个生产过程都是私人进行的,可以比较灵活,规矩也不会那么多。刻印的目的,大抵如张之洞所云,著书不如藏书,藏书不如刻书,留名而已。但私刻在传布上仍然存在很大困难,几乎没有刻意的销售,甚至在开始时就不指望销售。因此,一般家刻除了刊印自家著作、家谱、经书外,难有作为。所刻印的著作本就刷印不了几本,除藏之自家阁楼之上勉励后代之外,卖不了几本,就是持赠送人的也很有限。这等赔本的买卖不是很多人愿意做,更不是很多人玩得起的。晚清民初的著名经学家陈

[①] 参见汪家熔:《近代出版人的文化追求》,南宁:广西教育出版社,2003年,第22—23页。

衍有一首诗《卖书示雪舟》，道尽私刻窘境："刻书不能多送人。刻成百卷几苦辛。呼仆买纸召工匠。印刷装订商龈龈。一函卅册价半万。辄以送遗吾将贫。无端持赠人亦贱。委弃不阅堆灰尘。街坊书贾为我卖。抬价数倍良可嗔。"①而中国古代的刻书家大多是以家族另外的资产作为保障的。这样就让一件事情很难完成循环再生产了。

坊刻倒是为了销售而生产的，但由于要考量读书人的普遍需要，选书方面就偏重畅销书，一些有需要但需求量较小的书籍就不得其门而"刻"了。福建长汀是清季坊刻重镇，有书坊近百家。但有学者统计，整个清代建本仅496种，而且其中大多是考试用书，诸如《四书题镜》《书经汇串》之类，平均每家只有五六个品种。私刻之限于经济力量而不能刻印新书由此可见。更大的问题还在于，由于没有形成经济规模，缺少同业共同体的制约和相关学者把关，坊刻所刊刻的书籍普遍勘校不精，间或还有不良书商，由于政治、经济等原因，对已有典籍随意删节、篡改，清代有学者苛评云"明人好刻书而古书亡"，指的就是这一类。如此情形在清代也好不到哪里。为生意计，社会新知，偶有著述，要能在坊间刊刻，非通俗而流传者久，亦几不可能。

---

① 陈衍：《陈石遗集》，福州：福建人民出版社，2001年，第213页。

一个社会的文化生产、流通、传播的状况如此，确实很难说有怎样的前景了。究其原因，有学者或会指出，当时中国社会文化知识水平低下，整个社会需求有限。但把这种情形与稍后将展开论述的石印和铅印的传入，石印、铅印成为主流印刷技术之后的情形加以比较，问题恐怕就不是如此简单了。

二、石印技术的特点及其产品

除雕版印刷以外，晚清时期比较流行的还有石印和活字印刷。活字印刷发明早，但由于活字制作、排版的技术问题很长时间都难以取得突破，其能量一直没有体现出来。倒是石印技术由外国传教士引入之后，很快风光一时，在当时的图书出版业产生巨大影响。

石印的技术特点说来也简单，取天然大理石为材料，因为大理石质地细密、坚而脆、多孔、吸水性好并能在较长时间里保留水分，然后是借用油水相斥的原理，用脂肪性油墨将图文绘制在石板上，以水润湿石板表面，使没有图文的石板细孔蓄有水分，从而构成图文区域亲墨抗水，空白区域亲水抗墨。印刷时，以纸张覆盖在经过施墨及润水的石板上，然后用木制压架使石板上的墨迹转移到纸张上，从而完成印刷复制。"照相石印"与石印的原理相同，不过获得图像的方法有些变化。通过给原有书籍照相，获得反字负片,在石灰石(亚铅版)上涂上感光液作正片。正片的图文部分感光后附着在石上,获得反像,未感光部分用水冲洗掉,上墨制版。因为是照相,所以能按需要缩小放大。这一印刷技术的特点使得只要能把要印的文字或图像,影印或绘制到石板上,各种图文就都可以精细地印制出来。① 石版印刷大约在19世纪30年代早期由传教士传入中国。由于新教传教受到当时官方的限制,石印方法的印行是在秘密的情况下实验、传授和操作的,普通使用者难以接触,更难以和雕版、活字印刷加以比较。19世纪后期,外国在华势力日长,至19世纪80年代,石印开始随着基督教、天主教的传教活动而浮出水面并迅速普及。

使得石印暴得大名的是点石斋印书局。贺圣鼐在《三十五年来中国之印刷术》中说:"英人美查开设点石斋石印书局,始有轮转石印机,惟其转动则以人力手摇,每架八人,分作二班,轮流摇机。一人添纸,二人收纸……每小时仅得数百张。至光绪中叶始改用自来火引擎以代人力。"② 这就进入了半机械和机械化的时代,印刷的速度随着机械技术的改良不断加快。印刷本身成为时髦。1892年

---

① 关于平版印刷工艺特别是石板制版印刷工艺更详细的介绍,参见范慕韩主编:《中国印刷近代史:初稿》,第565—569页。
② 贺圣鼐:《三十五年来中国之印刷术》,载张静庐辑注:《中国近代出版史料》(初编),第270页。

底上海《捷报》刊登了一篇参观杭州使用蒸汽石印工场的通讯,以普通市民的眼光看石印工厂印刷的情景,新奇、惊叹之余,表示"如果有机会,我打算再去参观这个蒸汽石印厂"[1]。看通讯的叙述和用语,很有点托普通读者之名行"软性广告"之实的意思,但通讯所传达的新印刷技术的吸引力大概是不虚的。

类似的对新印刷技术感到新奇的还不止于此,更早的有文人对墨海书馆的机械印刷的记载:以铁制印书车床,长一丈数尺,广三尺许,旁置有齿重轮二,一旁以二人司理印事,用牛旋转,推送出入。悬大空轴二,以皮条为之经,用以递送。每转一过,则两面皆印,甚简而速。一日可印四万余纸。字以活版,以铅浇制……时人有竹枝词咏墨海书馆的机械印刷,"车翻墨海转轮圈,百种奇编字内传。忙煞老牛浑未解,不耕禾陇耕书田"[2],流传很广。石印的蒸汽印刷显然是更进一步了。

姚公鹤在《上海闲话》中说:"石印书籍之开始,以点石斋为最先,在南京路泥城桥塄,月余前已拆卸改造矣。闻点石斋石印第一获利之书为《康熙字典》。第一批印四万

---

[1] 上海《捷报》1892年12月23日,第49卷第939页,杭州通讯。转引自宋原放主编、汪家熔辑注:《中国出版史料:近代部分》(第三卷),武汉:湖北教育出版社,2004年,第406—407页。
[2] 杂诗为孙瀜1858年11月27日拜访王韬及墨海书馆所作。见王韬:《瀛壖杂志》,上海:上海古籍出版社,1989年,第119页。

部，不数月而售罄。第二批印六万部，适某科举子北上会试，道出沪上，每名率购备五六部，以作自用及赠友之需，故不数月而罄。书局见获利之巨且易，于是宁人则有拜石山房之开设，粤人则有同文书局之开设，三家鼎足，垄断一时，诚开风气之先者也。"①"闲话"之类文字或由经验感受而来，或不足采信，但比较前述雕印的42大册，点石斋以石印之术双面缩印本，对于一般读书人（其实仍然需要相当的身份和财力）的吸引力也就可以想见了。中华书局的开创者陆费逵1932年在总结《六十年来中国之出版业与印刷业》中也说："萌芽时期的铅印业……殊不足道。所印的书籍寥寥，每年营业也不过数十万元。同时石印业却印书多而营业盛。因为科举时代携带便利的缘故，各种经书及《大题文府》、《小题十万选》一类的书，都缩成极小的版本。后来科举改革，要靠史鉴策论，于是《廿四史》、《九通》、《纲鉴》以及各种论说，又复盛行一时。"②

由于石印技术简便易行，印刷速度快，满足科举应试者的需要，石印书局获利丰厚，一时仿效者众，形成清末出版界的"石印热"。当时比较著名的石印书局除点石斋

---

① 姚公鹤：《上海闲话》，转引自宋原放主编、汪家熔辑注：《中国出版史料：近代部分》（第三卷），第260页。
② 陆费逵：《六十年来中国之出版业与印刷业》，载《申报月刊》第1卷第1号，1932年7月15日。转引自俞筱尧、刘彦捷编：《陆费逵与中华书局》，第474页。

外，有同文书局（1881年创办，1898年停办）、鸿文书局、蜚音馆、积石书局、扫叶山房、拜石山房等。石印书籍随着时代的变迁而变化，传教士印的宗教类不说，对于社会有影响的图书大抵可以分为以下几类：一是为应考者翻印的应考书以及考试参考书，如《佩文韵府》《骈文类编》，这部分承接了雕刻的市场但有所扩大；其二是一般民众阅读的小说《三国演义》《水浒传》《红楼梦》等畅销俗话小说，书局取其畅销、印刷快，而且印数大，利润厚；其三是编译局维新人士倡导和翻译的西学书籍。

除此之外，石印术的出现催生了图文书的产生，快速的印刷也使得讲究时间效应的各种报刊的出版成为可能。文人书画，比如《佩文斋书画谱》，以及各种诗文碑帖画报几乎就是应石印的出现而生的。除传统的书画而外，新创刊的书画报刊也很不少，当时仅在上海出版的画报就不下二三十种。著名的有《点石斋画报》《飞影阁画报》等。这些画报图文并重，版式灵活多样，成为今天不断被学界讨论的承载着晚清通俗文学消费性、现代性的文化产品。另一方面，当时领风气之先，而有着广泛社会影响的《时务报》《经世报》《蒙学报》《格致新闻》等，也借助石印的印速快、印刷量大，展现出现代新闻舆论传播速度快、影响面广的力量，这在雕版印刷几乎是不可能的。

石印技术的兴盛时期，举凡经史子集、舆图书画、报章杂志、中学西学，无所不有。许多石印书局将有关新学、时务的著译汇集成丛书出版。不仅是上海、天津、广州等通商口岸，内地各省的石印也迅速发展。从上面对石印技术特点的讨论可见，石印长于复制而短于创新。它的兴盛是由于满足了当时社会科举应试所需要的大量经书、策论范文。这些东西变化少，需求量也大，用石印简便易行。

1901年，清廷明令废止八股，改试策论。1905年，科举完全废除。石印科举用书一下子失去了市场。在社会竞言新学的情况下，一般读书人对传统典籍的兴趣减弱，石印古籍销路大减。《扫叶山房石印书目序》有云："科举既废，新政聿兴，革装书籍，挟新思潮以输入，冶板印刷，盛极一时，故籍陈编，束诸高阁，而石印书亦受影响。"[①]另一方面，石印需要的印机、石材、油墨，需求量大，完全依赖进口，不少纸张也是由进口得来，成本消耗很大，没有相对大而稳定的市场是很难维持的。由于石印"其兴也勃"，甲午战败后的十多年时间里，很快冒出近百家石印书局，碰到科举废除这样的大事件，不少书局，例如鸿文书局、蜚音馆等，顿时就垮了，所谓"其亡也忽"，这是后话。

---

① 韩琦、王扬宗：《石印术的传入与兴衰》，转引自宋原放主编、汪家熔辑注：《中国出版史料：近代部分》（第三卷），第402页。

三、铅印技术变迁与新式报刊

相比石印清楚简洁的引入应用史,活字印刷的传入(或者说发展)过程就要复杂得多,其影响也更为深远。活字印刷技术原本由我国宋代毕昇最先发明,从木活字到泥活字,代有革新,到明代也有用铜活字、铅活字的记录,与谷登堡的发明是另外一支。但中国的活字印刷在雕版印刷的强势之下,未能广泛应用,而且由于排版、拆版、印制等一系列技术工艺上的配合问题没有解决,至 19 世纪晚期,仍然是"殊不足道。所印的书既寥寥,每年营业也不过数十万元"的样子。从原理上讲,活字印刷技术并不复杂,造字、排版、上机印刷,但实施起来却很不简单。

首先是造字。须预先在泥、木或金属上雕刻或铸造成许多个像印章一样的反写阳文单字。要用机器大规模生产,对印数和速度的要求比较高,因此实施起来每个环节都极复杂。因为汉字为象形字,殊不同于西文的拼音文字。西文的组成不过那二十几个字母,而汉字的笔画、部首、偏旁多,加以不同的字号、字体,需要制作的字模就多而且复杂,字库制作必须大。由此就带来字架的占地面积大,排版工人就很困难。

其次是排版和制版。手工排版的技术,是制作好字模后按照文章以铅字排好,字与字之间用大格铅和小格铅隔开,编排好后放在一个特制的铜框里,字面以石墨粉刷亮，铅字的字角和铜框的四周涂上黄蜡或柏油，以免电镀时这些地方也被镀上。经过这样的处理以后，通过电镀制作凹型铜模（俗称字型心子），然后将修整好的字型心子依照前述大小格铅所格出的缝隙用锯锯开，成为长条字心，再按字心的大小镶入同样的凹型铜壳做成铜模毛坯。小心修整后，方可上机印刷。一书印毕，拆散书版，收起单字（俗称还字），仍可用以排印其他书籍。活字印刷术中的单字印刷灵活方便、快捷，单字也便于管理。制版之后，可制作复制版，如泥版、纸型铅版、电镀凸版等多种版型。一般纸型铅版可耐印万份左右，印速也比较快。① 至此，大规模印刷所需要的技术要求算是基本达到了。

显然，活字印刷这一技术在完成机械化大规模生产的使用过程中，需要根据汉字和文化接受的不同特点加以改良，需要得到相关机械技术、动力等多方面的发明配合，其在生产各阶段的要素特点、成本、产出效益，所展现出来的文化生产的形态也完全不一样。

或许是由于谷登堡的印刷技术给予马丁·路德（Martin Luther）以及整个西方传教事业所带来的决定性影响，19

---

① 作为一种工艺和技术，铅活字制作、排版技术及印刷工艺相当复杂，不同技术分支的要求要素都很多，这里只能介绍一个一般技术的大概。参见范慕韩主编：《中国印刷近代史：初稿》，第546—552页。

世纪的传教士一手举着《圣经》，一手拿着印刷字模渡海来华。最早来中国的是罗伯特·马礼逊（Robert Morrison），1814年他以中文雕刻和西文字模的"中西合璧"方式编印《华英字典》。1834年，法国传教士葛兰德（M. C. Grand）改良制作"华文叠积字"，做了艰苦的尝试。① 1840年代英国基督教传教士创办的墨海书馆，以铁架制版用非人力的半机械印书。1860年代美国长老会创办先在宁波后迁上海的美华书馆，创制了七号电镀华文字模，并改革排字架。同样由美国长老会创办的清心书馆开设半工半读学校，培育印刷技工……大规模机械化的铅字印刷在不断地尝试中逐渐进入可以生产的阶段。

从单字字模的制造、机器铸字、排版的精密度与坚固性、机械印刷的速度和质量到最后的装订式样，西方活字铅印技术的中国化过程自此展开。金属活字印刷渐渐体现出它的优势。"前所言之印书机器，至巧至速矣，岁印亿万纸矣。然犹西人用于中国之印书机器也……用火轮机器印，更不用人之挽机，不用人之入纸，半时许可印万五千纸，

---

① 此法试图仿效拼音文字，借以减少字模。比如，"碗""蜿""妠""和""秋"等字，只需要刻出"虫""石""女""禾""宛""口""火"等，就可以拼成。此法字模虽少，排字工就麻烦了，且单字与合拼之字，上下左右一同排列，长短大小不一，很不整齐。所以，经过实用证明基本上不成功的。参见贺圣鼐：《三十五年来中国之印刷术》，载张静庐辑注：《中国近代出版史料》（初编），第259页。

一纸分开,乃书数页,则半时许约计可印书五六万页矣,更巧而速。"① 据史料记载,1893 年,福州卫理公会书馆拥有能印优质印刷品的各种型号和功能的印刷机近 10 台,有 7 幅中文活字、7 幅英文活字、5 幅罗马活字以及 150 套零件活字,此外还拥有各种配套的铸字机、切纸机、冲压机、打孔机、接角机、嵌线铅条铡刀、铁丝订书机等设备,日印刷能力 8 万页。有意思的是,书馆除印刷普通汉文书籍外,还开设分所,印刷福建地方方言著作。②

晚清的印刷能力已经不是仅有雕版印刷时期所能比的了。晚清教会书馆的印刷量难以估计,但据《在华教会书馆》的不完全统计,1875 年到 1893 年,宗教小册子协会有印刷了《圣经》《新约全书》480 多万册、销售 430 多万册的记录。而鼎鼎大名的江南制造总局编译处,在清末的四十多年中,译印出版的史志、政治、兵制、工艺、数学、理化、医学等 22 类书有 199 种。在 1871 年到 1880 年的十年之间,出版 98 种 235 册。到 1879 年统计,售出 1 111 部,83 454 册。③

有戏曲文学领域的学者结合大量的史实和材料研究指

---

① 《美华书馆述略》,载 1871 年《教会新报》165 期。转引自范慕韩主编:《中国印刷近代史:初稿》,第 81—82 页。
② 范慕韩主编:《中国印刷近代史:初稿》,第 83—84 页。
③ 范慕韩主编:《中国印刷近代史:初稿》,第 105、196 页。

出，由于明代刻书业大盛，将诉诸阅读的"文本上的戏曲"带进读者的私人书斋，"家蓄而人有之"，官刻、私刻、坊刻三大生产来源的可数数目，合起来多达一二万种。可见在印刷术和印书业的推动下，小说戏剧的书籍在明代不同的社会阶层广泛流传。[①] 戏曲的上演和大众化过程与当时刻书业的兴盛相关，体现了与本书同样的研究趣向。

不同的是，由于技术的革命性进步，晚清的文化生产状况完全展现了另外的风貌。由于石印和铅印开创时的印刷机构大多集中在上海，1895年，康有为在北京创办了《万国公报》，但以木板刻印，报刊印数和影响都很有限；编印于苏州的《励学编译》月刊、《苏州白话报》旬刊等也是用雕版印刷，所遇困难很大。这些新兴报刊（早期的"报"其实多是"刊"，无法按时每天出版）内容新、印量大，出版时间密集，还需要按时出刊，在刊刻和印刷上靠木刻几乎不能应付。而且报刊还不像书籍，几期累积下来，木板的量很大，弃之固然不肯，但保存也很费周章。晚清民初社会的文化状态和社会变革因此发生变化。石印和铅印所提供的技术支持，为新式报刊登上中国社会变革的舞台开辟了一条新路。

1896年1月，强学会的机关报《强学报》在上海创

---

① 参见容世诚：《"第三类型接触，第三类型戏曲"：戏曲唱片语戏曲研究》，载陈子善、罗岗主编：《丽娃河畔论文学》，第334页。

刊，五日一出，铅字印刷。虽然很快被清廷关闭，但当年8月，由张之洞支持，汪康年主政，梁启超任主笔的《时务报》在上海创刊，十日一出。这些报刊的主要读者虽为具有维新思想的官员和改革派人士，但大抵还是旧式学者，故扉页石印、内文雕版，被认为"采集精，雕印雅，识文兼具，阅之令人狂喜"，于是很快就获得了很大的成功。创刊的销量便达到 8 000 份，以后最多时达到了 12 000—14 000 份之多，影响巨大。《时务报》1898 年 8 月改名《昌言报》，三期以后，改为铅印。[①]

晚清之际的革命报刊，《中国日报》《民报》《江苏》《湖北学生界》《浙江潮》等，大多为海外留学生和革命者创办，其中很大部分是在日本印刷后带回国内，这当然主要是由于晚清政府的舆论管制，但日本离中国近，铅印汉字的印刷技术发达，也是一个很主要的原因。上海报刊印刷的兴盛很快成为各地的典范，不仅保定、郑州、常德、扬州，甚至地处西北的陕西等地，都纷纷从日本购买铅字和石印印刷机器，成立印刷局，直接为后来各地办官报、白话报提供了契机。直接说，由于"印刷即出版"的格局在晚清知识生产中的形成，新的印刷科技有了推动社会和文化变革的强大力量。

---

① 参见叶再生：《中国近代现代出版通史》（第一卷），北京：华文出版社，2002 年，第 544—555 页。

即使如此,传播技术的变革带来文化产品量能上的巨大差别,进而造成的文化传播和影响的质的变化仍然没有受到学术界真正的重视和研究。学者们更善于从知识精英的立场上来看待晚清之际社会文化的大变革,即使注意到传播技术变革的意义,也认为它是在为启蒙思想的产生和精英分子改造社会提供条件。有学者说,晚清时期出版业最重要的趋势是主导者与受众从官方转向民间,其意义主要体现为:一是打破封建正统文化的垄断,促进各种社会思潮公开并存竞争,从而使知识群体摆脱对皇权官府的依附状态;二是改变了民众集体行动的行为方式,加快并扩大爱国民主运动的频率和规模;三是破除专制统治的神秘性,形成社会制衡力。① 这已经算是很"高看"媒介变革的意义了。显然,一个由于印刷技术变革所导致的文化变化,一个孕育于传播领域并由此而建立的新的身份认同,形成了新的文化空间,被知识群体代言之后呈现为社会精英改变历史社会的佐证。

第二节 "印刷即出版"格局的形成

1897年2月11日,商务印书馆在上海江西路北京路南

---

① 参见桑兵:《论晚清民初传播业的民间化》,载胡伟希编:《辛亥革命与中国近代思想文化》,北京:中国人民大学出版社,1991年,第236—252页。

首德昌里弄尾三号开张。这个在后来的半个多世纪里对中华民族的文化教育事业作出过重要贡献的印刷出版机构，当时并不起眼。从捷报馆负气出来的两个年轻排字工人，凭着从亲戚朋友处筹措得来的3 750元股本，购得脚踏架、自来墨手板架以及三号手摇架印刷机各三部，手揿架一部，外加中西文铅字器具若干，① 以为商界服务，因有点东西可印就成而命名商务印书馆（Commercial Press）。② 小本经营，能不蚀本，养活这连亲戚带朋友的一干人等，就不错了，能赋予它怎样的意义呢？但是，如果我们把夏瑞芳等人当时的努力，放回到由于印刷技术变革发生转折的时期，当我们看到书籍生产方式的变革、市场流通模式的变化可能形成新的社会组织和文化功能的时候，商务草创初期的那几台手摇、脚踏的印刷机器，那七拼八凑得来的三千几百元股本，就具有某种象征意义了。因此，对这一新的印刷技术如何进入社会底层问题的考察，回应的就不仅是一个"书籍（传播）引发革命"或者"技术引发革命"的问题，还是一个历史如何"在地"地发生、印刷技术所引发的日常生活的变化怎样"嵌入"到社会变革中从而创造了历史

---

① 参见高翰卿：《本馆创业史》，载《商务印书馆九十五年》，北京：商务印书馆，1992年，第1—3页。
② 参见章锡琛：《漫谈商务印书馆》，载《商务印书馆九十年》，第104页。王益：《中日出版印刷文化的交流和商务印书馆》，载《商务印书馆一百年》，北京：商务印书馆，1998年，第382页。

的问题。

不少研究指出,中国近代印刷业的兴起是由西人报刊书馆带来的,上海因此成为这个过程中"西学东渐"的重要场所;① 进一步的观点则认为,上海之成为现代印刷文化中心不是由于西人带来的机器印刷,而是由于太平天国运动打破了江南社会精英文化再生产的等级程序,苏州、杭州等刻书要地和文化重镇衰落,近现代印刷文化中心由江南城市向上海的迁移。② 这些研究的焦点在于近代印刷技术是不是由于西方印刷技术的引入,上海何以成为近代印刷文化的中心,其背后潜藏着与"西方中心论"相关的不同立场和看法。

但在本研究看来,重要的是印刷技术在 1880 年代后期的重大转变造成了社会文化怎样的转变。宋、明时期以至清季的印刷业以雕版印刷为主要技术,无疑是发达的。从上文的讨论可见,雕版、石印、铅印等不同的印刷技术所生产的文化产品、面对的读者主体是不同的,因为印刷速度、价格成本等不同使得同为纸质印刷媒介生产出了不同的传播方式和读者市场,传播的时间和空间各有偏向,生

---

① 参见熊月之:《西学东渐与晚清社会》,上海:上海人民出版社,1994 年。
② 参见孟悦:《商务印书馆创办人与上海近代印刷文化的社会构成》,见孟悦:《人・历史・家园:文化批评三调》,北京:人民文学出版社,2006 年,第 95—117 页。

产和消费的目的也很不同。西方石印风气流行之后，即使是传统的旧书局，"所印行的书籍不再限于乡绅社区，而是行销各省"。

值得注意的是，正如孟悦在文章中所分析的上海文瑞楼书局，"楼主注重的不再是读书，而是营业"，"由市场和书馆再生的文化不可能是对南方文化社会等级的重现，而注定是对过去的重构，随着江南大族世家们几世纪积累而来的家传书籍文化走向衰落，家学族学及乡绅式的书院不再能够充当主导性的文化权力机构。除了官办及洋务教育系统之外，新的文化权力机构正在市场和书馆的基础上形成"。① 这种分析无疑是有洞见的，但还应该进一步考察，新的社会等级重构依靠的是什么？对家传书籍内容的掌握不再具有决定性的力量，重要的是新的印刷技术和由技术带来的市场。所以楼主注重的不再是读书，而是营业。质言之，由于有了印刷技术和读者市场的支撑，媒介技术变革才有力量改变原有社会文化的价值结构，从而直接导致了新文化状态的形成。那么，这种状况是如何具体地在19—20世纪之交的中国社会文化状态中发生的呢？

由于市场空间的扩大，作为信息和知识中介的印刷及与之相伴而生的出版业成为一种新的行业。在雕版印刷的

---

① 孟悦：《人·历史·家园：文化批评三调》，第103页。

时代，虽然历史长，技术稳定，但在技术上基本上由个体操作，书局规模小，分散，无论官刻、私刻，书局都难说稳定。除了少数刻版技术特别突出的人士会比较多地被雇佣外，一般刻者是难以此为职业的。刻版人在社会上的地位也不高。如果我们让历史回到发生时的另外时刻——13—14世纪的欧洲，文字记录和抄写从教士转向职业的抄书员，抄写成为一个具有相当规模的职业，附着于教会、大学、"文人集团"，具有相当的社会地位和对文化变化的影响力。

由于印刷规模、速度的扩大，掌握新的印刷技术，特别是铅印技术，在晚清民初的社会情景里同样是一种象征着某种前景的技术和职业。它与当时的知识界和社会精英相联接，从而具有了另外的可能。出身工人的夏瑞芳等人，因缘际会，到基督教会办的清心学堂读书，习得印刷技术，到外国人办的报馆做排字工人。这在当时就是掌握了新兴技术，踏进了新型行业，可以自立门户的。情形虽然不如后来人总结的那么肯定："吾国印刷术，向以木板雕刻，灰墨印刷，不足与西国印刷术较。先生（指鲍咸昌）等决仿欧美新法，从事于铅印石印。"但也确实是"戊戌变法之议兴，国人宣传刊物日繁，学校制度既定，复须新课本以资用，胥赖印刷为之枢机"[①]。

---

① 庄俞：《鲍咸昌先生事略》，载《商务印书馆九十年》，第6页。

从上面的状况描述和论述中，可以看到，印刷技术变成社会文化变革的基本推动力，也创造了一种新的文化手段和空间。这既是一种新气象的表现，也意味着一场更深刻、复杂和重要的文化改造的来临。在西方印刷术引进之初，在这种新的生产状况下，新的印刷技术本身就是新文化。当时的文化状态是新旧杂陈，各种文化思想复杂多元，掌握了作为"枢机"的印刷，就掌握了文化生产的钥匙。这是一种典型的"印刷即出版"的文化生产状况。就像知识群体的思想和认识没有得到物质技术手段的支持，就开不出新路，难以有所作为一样，印刷技术本身并不能自动地产生社会改造的力量，只有在特定时期的人、思想与技术变革结合之后，才可能产生巨大的社会和文化改造力量。商务印书馆、张元济等印刷出版机构和出版人在晚清民初的出现就是这样的一种结合。

第四章

印刷现代性在晚清民初的展开

技术本身并不能自发地产生力量,只有在与其他东西结合以后,才可能产生巨大的社会力量。知识群体有了思想上的认识,感觉到了新式媒体潜在的改造社会的可能性,新生的技术工人掌握了新的印刷技术,有了新式印刷机,具备了一定的文化生产能力,可以编印新式报刊、可以大量出书,生产此前完全不能想象的文化产品,这确实是一个此前未有过的新景象。但这种出版能力和印刷文化要真正展开它的物质力量,释放出物质技术潜在的改造社会文化的能量和作用,还要求通过具体的个人和实际工作的运作,形成与前此功能不一样的组织结构,这样它不是仅能够依靠某个人在个别状况中实现,而是能具有普遍性地展开。

新的印刷技术与人的结合也正是在这样的逻辑下产生了新的文化组织形态,创造出一种新的改造社会的方式——这当然是文化人的理想。但它具有"现代性"的意义还在于,技术本身是不辨人的良莠也不辨钱的好坏的。也就是说,技术不会限定什么样的人能进入,也不会限定什么样的钱不能进入。由于印刷技术能力的展开所具有的巨大的吸引力,具有不同诉求的资本和人物进入印刷出版领域,印刷出版机构的规模不由分说地扩大;不断扩张的出版机构在运作过程中也扩大了文化产品的类型、范围和生产规模,进而形成新的读物市场,同时会出现泥沙俱下、良莠不齐的情况;因印刷技术召唤来的资本规模的扩大和资本逻辑的增强,市场扩大带来的文化产品的多种可能,远远超出知识群体、新印刷技术掌握者所能把握和理解的范畴,新的状况和问题随之出现,这些新的状况和问题与知识群体改造社会的文化主张和理想之间显然是有矛盾的。因此,本书中论述的所谓印刷现代性就在这一晚清民初知识生产的具体情景下出现了。印刷技术大规模展开,逻辑地带来了具有"现代"意义的社会文化变革。在这个"现代"展开的逻辑中,技术、资本、生产、消费、市场和知识群体,与对社会理想、民族—国家、文化建设的意义和价值的理解夹缠在一起,既围绕着新的出版机构的运作来进行,又深刻地渗透到社会文化生活的各个领域。

于是,一方面,这种新的文化组织机构是印刷技术所蕴含的现代性展开的结果;另一方面,印刷技术又通过这一机构和它的文化产品全方位地渗透和展开,复杂地呈现出其逻辑力量。不妨仍然以商务印书馆为例展开论述。

第一节　新式出版机构的建立

具体到商务印书馆而言，印刷技术与人的结合成就了新的出版事业。在1900年代的早期，这个人可以以张元济为代表。张元济不是那种埋头于翰林院不问世事的读书人，也不肯让自己仅仅消耗于宫廷各种消息之中无所作为。他很早就以编译报刊、培养人才为他能做的改变中国的"急务"。在南洋公学译书院，他主持翻译、刊印各种西学著作，对印刷技术的制约及其革新，显然有深刻的领会。张元济的祖上就以收藏珍本古迹著称，即始于1660年私家藏书处"涉园"，到19世纪时在江南已经很有些名气。祖上的诗书熏染，当朝翰林的荣光，万事无趣，书刊刻印大抵仍然是读书人的不朽事业。太平天国起义，"涉园"被毁，张家逃难岭南，到张元济13岁时才"侍母回海盐"[①]。那时候，他已经会说一口流利的粤语了。

广东的生活对于张元济一生的思想和事业想来是重要的。粤地为1840年鸦片战争以后中国最早被打开的地方，向来重商，接触来自西方的影响早于内地，显然，祖上诗书世家冥冥之中的光环，童年和少年时代的"外乡"的生

---

① 参见张人凤编著：《张菊生先生年谱》，台北：商务印书馆，1995年，第8页。

活,为他理解印刷文化,感悟和看待"新技术"的力量、眼光,加上了不一样的灵感。在张元济的回忆文字里,除了在个别地方流露出的对召见过他的光绪帝和赏识他的李鸿章有同情和感恩而外,从来没有看到有什么材料表明张元济对离开帝都有什么怨怼,甚至连一点可惜和遗憾都没有。1899年被"革职永不叙用",他料理后事,交账走人,几乎是头也不回的。李鸿章派于式枚来看他,询问以后如何打算,他没有犹豫地表示"想到上海谋生"。与诗书为伍、教书育人、编译印刷,再加上上海这个码头,张元济基本上找好了自己的去处。

由于李鸿章的安排,张元济进入南洋公学译书院,主持翻译当时社会政治生活需要的政治、技术和社会学方面的著作。其中,严复是重要的倚重对象。一些后来沿用的译者稿费支付标准和办法、选书的标准和方法、整理和校对的工作规则、出书的方式等,都是张元济和严复双方商量着确定的。由于要刻印书籍、为公学的学生准备教科书、补充各种阅读材料,张元济和商务印书馆,和夏瑞芳渐渐熟识起来,对于雕刻、石印、铅印的种种,当时印刷界的技术、价格等行情,张元济也跟着熟识起来。1900年,严复应张元济之约译成《原富》,并写信给张元济推荐名家刻写安排石印,但张元济知道铅印技术已经成熟,比石印要好,就直接送商务印书馆铅印了。

当时南洋公学的各种印件，大多是委托给商务的。19世纪末期的上海，各种小印书坊开得不少，但草创时期的商务仍然特别重视印刷设备的齐全和更新，各种各样的机器都设法置备，甚至有浇字机，可以浇制铅字卖，能承印各种中西文书籍。商务的生意蒸蒸日上，但他们中的一位合伙人还留在更大更老牌的美华书馆担任华方经理，以便从技术到材料上，能够得到些另外的帮助。1900年，商务又盘进日本人在上海开设的修文书局，第一个引进纸型技术，印刷技术更有提高。在张元济看来，夏瑞芳为人诚恳耿直，勤勉而好学，有事业心，值得信赖，即与夏订交，而商务所开展的印刷业务，也很有气象。1901年，印刷出版所具有的新的文化特质和力量被更多的人认识，"外间欲办报馆，译局者甚多"①。

但这种状况注定是不可能长久的。技术的进步是加速向前发展的，生产能力的不足，物质的匮乏很快得到了改观。在引入具有资本主义意义的生产和传播机制之后，卖方市场就会变成一个买方市场，技术的提升和产品的更新换代就被提上日程，在资本主义的竞争和逐利机制下，不能随着越来越大的市场需求提升技术能力的印刷厂会被更大更快的印刷机构挤迫、关闭，技术竞争的背后是资本的

---

① 严复致张元济信，1901年4月25日，参见周武：《张元济：书卷人生》，上海：上海教育出版社，1999年，第69页。

较量。抱定小本经营的印刷厂不是被淘汰就是日渐边缘化。在单纯的印刷技术问题得以解决后,印刷内容的重要性开始展现出来。也就是在这样的时刻,敏锐而有雄心的夏瑞芳觉得商务印书馆需要扩大资本规模,寻找蕴含更大利润空间的印刷品了。

于是,适当的人与变革时期的技术相遇了。张元济走进了商务,与实业家印有模一起入股,使商务的资产达到5万元。1902年,张元济结束了在南洋公学的编译事务,全身心加入到商务的印刷出版事业中。与其说张元济加入商务印书馆是由于夏瑞芳诚恳的邀约,不如说是印刷技术的召唤,张元济看到了印刷出版的力量和发展的潜力;夏瑞芳许诺给张元济的那350元月薪与其说是体现了夏的诚心和张的价值,不如说是印刷技术变革所具有的潜力的体现。夏瑞芳礼聘张元济就是印刷礼聘出版的内涵。从此的十多年里,夏瑞芳任总经理,管经营,张元济任编译所长,管出书。①

印刷技术变革早期出现的"印刷即出版"的业态开始发生变化,文化内涵增加了。1903年,商务印书馆引进日

---

① 关于商务印书馆最初的创业以及张元济的加盟历史,可参见陈叔通:《回忆商务印书馆》,载《商务印书馆九十年》,第132—134页。亦可见汪家熔:《商务的成功——敬业·创新》,载《近代出版人的文化追求》,第109—115页。

资，扩充机构，网罗人才，增购机器，聘用日本技师前田已吉、大野茂雄为技术指导，聘请多位日本教育出版界资深人士加入编译所编辑教科书。为了更妥善利用空间、节省劳力，张元济还亲自设计和推行"新式排字机"，为印刷技术的中国化进程殚精竭虑。[①] 此后，夏瑞芳、张元济更多次出洋到日本、欧洲国家考察印刷技术的进步状况，添置更新商务印书馆的印刷设备。彩色石印、雕刻铜板、照相制版术、珂罗版、电镀铜板、三色铜板、铝版印刷等技术陆续被引进，创制华文打字机，自制印刷机器……以商务为标志的文化生产的条件是大大提高了。[②]

从技术的进步到文化内涵的提升，一个对后世文化教育事业产生重大影响的出版机构开始了它新的历程。有了大规模生产的印刷能力，有了致力于文化建设的策划出版人才，一个新式出版机构开始有点样子了。

[①] 参见张元济：《拟制新式排字机议》，载张静庐辑注：《中国近代出版史料》（初编），第285页。

[②] 印刷技术的重要性还可以从与其他印刷机构的兴衰比较中得出。当时略晚于商务创立而具有相同性质的出版机构还有很多家，仅仅在上海，比较著名的就有创办于1902年广智书局、开明书店，创办于1904年的有正书局，创办于1905年的文明书局等。特别是以"输进文明为宗旨"而创办的广智书局，它的背后是当时思想和舆论界的旗手康有为和梁启超。广智书局因此也出版了大量有影响的宪政、思想、历史等方面的著作，也有不少发行广泛的中小学教科书、师范学校教科书、英文教科书，此外还出版有小说、期刊。但广智书局还是在1927年歇业，被世界书局盘入。而商务印书馆却能够通过不断改进和提高印刷机械及技术，在竞争中发展壮大。

第二节　文化建设的理想与各种不同读物的生产

在张元济看来，商务印书馆是"重要的教育机关"，当然与一般所谓"为商界服务"的商务印刷（commercial printing）不一样。他在自己还不掌握新媒体的时候，曾很羡慕他的同志者汪康年，谓"《时务报馆》之所为，盖先得我心矣。格致化学等学会，其名甚美，而其实未必有益……此时急务，总以鼓动人心为第一义，贵报已膺此任"①。显然，在张元济的眼里，鼓动人心、培育新人是当时最急迫、最重要的工作。在第一次很荣幸地"面圣"时，张元济向光绪进谏的就是要培养和造就自己的各种人才。戊戌维新失败，他还很书生气地劝康有为趁机会到南方去开办学堂，以为社会维新不可操之过急，等造就了一批新的人才，将来自然有人帮忙。② 张元济不是宣传理论家，甚至在那个思想辈出的时代，他也没有贡献怎样振聋发聩的口号和文章。但改造国民，培育人才，造就一个新的社会基础，始终被那一代知识群体视为要务，打造这样的社会基础比出产少数的精英思想家来得紧要。在给蔡元培的信中，张元济就说："出版之事可以提携多数国民，似比教

---

① 张元济：《张元济书札》，第 16 页。
② 张元济：《戊戌政变的回忆（1949 年 9 月）》，载《张元济诗文》，第 232 页。

育少数精英为要。"他要借助这一新的舞台教育国民,培养大批的人才。在这个意义上,张元济是认定了而且一直坚持的。1904年,慈禧太后七十大寿,"恩泽天下",有人举荐张元济出任外务部、学部、邮传部等职,清朝廷也下令要重新起用他,友人函电劝进,络绎不绝,但张元济再也无意于此。

那么,张元济是如何通过出版来体现出他所建立的文化认同和社会理想呢?

在张元济加盟商务以前,商务印书馆主要以印刷为主,也出版过几种书,主要是《华英字典》《华英初阶》《华英进阶》等英语读物。夏瑞芳等是从教会学校出来的,对英文的需求有些了解。看到当时上海学英文的人很不少,多用供印度人使用的课本,但全为英文,教与学两方面都不便,夏瑞芳请自己的姻亲谢洪赉牧师为课文中的单词添加汉文注释,改编成《华英初阶》《华英进阶》,很热卖,印了不少。此后的英文书籍不少就由谢洪赉牧师译注主持。

另外就是社会流行的古籍、热门的思想读物,比如《纲鉴易知录》《通鉴辑览》。看到好卖的书自己也跟着搭印些卖。据包天笑回忆,谭嗣同的《仁学》在当时是禁书,仗着在租界营业清政府管不上,夏瑞芳承揽了包天笑委托的1 000册印数之余,多印了500册,还"不够销"[①]。看

---

① 参见包天笑:《钏影楼回忆录》(中),台北:龙文出版社,1990年,第279—282页。

到社会上对《通鉴辑览》之类的需求比较广，流行的木板印刷本，银圆一二十元还买不到，商务就排个铅印本，不过二元几角，也很畅销。① 当时商务经常为基督教会代印一些宣传小册子，有销量的自己还会再搭印一些。夏瑞芳的头脑活络、勤勉努力也体现在这些方面，不断地为他们购置的印刷机器找些此类的营生。

此种行为在今天的印刷和出版业当然是非常严重的不合行规和违法，但在当时，印刷和出版作为新式的商业形式，此等情形大约类似于今日互联网上转来转去的搬文章，虽不规矩却也在眼开眼闭之间，事实上对于当时的读书人也带来不少益处。这些没有什么计划，看哪本书有机缘就出版哪本书的营生，不但为草创时期的商务赚了些碎银子，大概也可以算作商务印书馆赚进的第一桶金，而且，对于商务从印刷转向出版事业给予了极大的鼓励。也有学者因此指出，商务在这个过程中是有意识地开发了一个强调"实用性、职业化、普通人的读者群"，是新的社群发起的主体。② 这显然是有道理的，虽然在本文看来，商务早期的作为是不是具有这样明确的意识和主动性，还是需要进一步论证的。

---

① 参见高翰卿：《本馆创业史》，《商务印书馆九十五年》，第5页。
② 孟悦：《商务印书馆创办人与上海近代印刷文化的社会构成》，见孟悦：《人·历史·家园：文化批评三调》，第116页。

张元济有教育改造社会、普及文化的理想，但很显然的是，他当时是不是很清晰他所要造就的社群主体何在，还是需要进一步研究的。无论如何，新的传播技术和媒介与社会变革之间的密切关系却通过商业和市场最早激发出来了。谈到当初的加盟入馆，二十多年后的张元济回忆说："夏君招余入馆任编译。余与约。吾辈当以扶助教育为己任。夏君诺之。"① 大的事业当然也需要有一个高远的理念来号召和支持。在张元济看来，印刷和出版就具有支持教育这样的能力，能承担扶助教育的责任。

于是，出书，怎样出，出哪些书有市场而且能体现他们改造社会、扶助教育的理想呢，这是首先要面对的问题。

从社会政治思想变革的大潮中来，张元济当然认为政治思想制度的改造是第一要务了。首先要出版的是严复对于西方思想著作的翻译。《天演论》《原富》《群学肄言》《群己权界论》《社会通诠》《法意》《名学》《名学浅说》等，1903年以后，都是由商务铅印出版的，而且多次印刷，广为发行。这些今天如雷贯耳的著译，最初的时候，虽然也顶着严复和《天演论》的光环，其中的不少书按照包天笑的回忆，是严复给金粟斋译书处抵大烟钱的。② 而

---

① 张元济：《东方图书馆概况·缘起》，载《张元济诗文》，第240页。
② 参见包天笑：《钏影楼回忆录》，第260—262页。

《原富》在南洋公学的版税也被明折暗扣。① 可见商务出版之前严复及其著译的情形并不都很光明。严复的译著当然还只是张元济社会思想类著作的一部分。

要造成广泛的影响，还需要有多方面的品种来配合，相互交织，形成社会思想的潮流。在出版方面最有效的办法就是编辑出版丛书。从单本作战转变为集团战斗。于是在1903年商务的书目中，就有"政学丛书"，包括"万国宪法比较""宪政论""日本明治法制史"，还有"帝国丛书"，包括"各国宪法略""各国国民公私权考""明治政党小史"。即使在今天，单从目录看，这丛书已经是非常整齐的，出这些书显然是张元济的主意。1898年戊戌变法失败以后，知识群体对中国的政治制度改革特别有兴趣，而日本明治维新、确立君主立宪制以后"成功"进入"现代"，泱泱中华大国经过近几十年的洋务运动，船坚炮利，甲午一战却败于蕞尔小国日本。晚清知识群体同样难以接受这样的事实，纷纷"以日为师"，到日本留学，不少西方著作也就经由日本翻译过来。1906年，清廷宣布"预备立宪"，着手厘定官制。这些"政学丛书""帝国丛书"的出版显然是与"预备立宪"的政体改革舆论和举动相呼应的。

---

① 参见吴方：《仁智的山水：张元济传》，上海：上海文艺出版社，1994年，第75页、第101页注释（2）。

单出书还不算,1910年底,商务印书馆举沈钧儒、林长民、陈叔通等为编委,创办《法政杂志》月刊,刊行五年。张元济、夏瑞芳等人甚至还加入了上海的预备立宪会理事会。商务之出版这些宪政思想类丛书看来是有社会变革的理想,而不只是从商业利益方面考量的。与此类似的,还有"地理丛书""财政丛书""战史丛书""商业丛书"等。短短一年多的时间,出版图书竟有100多种。1902—1910年的8年间,商务印书馆出书865种,其中,宪政类图书14种,几乎都是翻译的。在1910年的书目上,还有"立宪国民必读"7种。这些书对于当时社会政体改革的探索起到了很大的作用,在知识界也引起了很大的反响。①

宪政思想制度类丛书之外,商务印书馆在文化建设方面产生广泛而长远影响的是创办的各种刊物。最早出刊的《外交报》为张元济在南洋公学时与蔡元培等几个朋友一起合股创办,"志在裨益时局,启发明智,非为牟利"②。该报实为旬刊,先是由商务印书馆承印,张元济加入商务,《外交报》也就归商务发行了。此后,更创办有大型综合性杂志《东方杂志》(1904),以及多种专业、多个层次的刊物,如《教育杂志》(1909)、《小说月报》(1910)、《少年杂志》(1911)、《学生杂志》(1914)、《妇女杂志》

---

① 参见汪家熔:《近代出版人的文化追求》,第115—125页。
② 张人凤编著:《张菊生先生年谱》,第47页。

(1915)、《英文杂志》（1915）、《英语周刊》（1915）、《儿童世界》（1922）、《小说世界》（1923）等，随着图文书刊风尚的出现，商务又创办了各种画刊如《少年画报》《东方画刊》《健与力》等，这些刊物最多时有 20 种以上。①

对于一个致力于对社会产生影响的出版机构而言，创办刊物是非常重要的。刊物不同于书籍，它要求较强的时效性，可以和现实贴得更近，要求反应迅速；刊物也不同于书籍那样强调知识的完整，因此也避免了自我的封闭性，它的问题和空间是打开的，对于重要的现象和问题，刊物可以展开连续而深入的追究；刊物上的文章还可以因为栏目的多样而丰富，能满足多个层面读者的阅读需要，而且由于广告对于成本的分摊，刊物的售价一般较书籍便宜，刊物的发行量大，连续出刊，其造成的社会影响显然不是单本书籍所能比的。另一方面，由于提供了广泛的版面空间，刊物具有了广大而相对固定的读者群，同时任何刊物周围都会凝聚一批有类似文化认同和特点的作者队伍，而这些人正是在社会有影响力的知识群体。由于刊物的影响力大，刊物的发行和刊物上的广告对于宣传本出版社和出版社的新书也特别有帮助。因此，一个刊物运行得好，在作者和读者两方面都会造成很好的反响，同时也能借助于

---

① 参见《商务五十年》，载《商务印书馆九十五年》，第 772—773 页。

刊物更快地把握社会变化的脉搏。

另外，晚清民初的期刊发展没有受到来自法律和政府的实际阻碍，1908年虽然颁布了《出版法》，对言论和出版提出要求和管制，但由于晚清政府当时对社会控制无力，这些规定和管理条文基本上是一纸空文。

商务印书馆创办的众多杂志期刊使得商务在当时上海的期刊出版业中居于首位，更由于后来中华书局也对应着创办了不少刊物参与竞争，从而为上海期刊、文化商业的繁荣，为上海成为当时中国出版业的中心直接奠定了基础。正如有学者指出的："定期刊物变得如此具有群众性，以致作者大多选择杂志和报纸副刊投稿，而不愿写书。短篇和随笔是这样一个时代的特色。除翻译品以外，几乎二十世纪初的所有文学作品都是以节本出版的，而且大多数发表于期刊。若干年内，定期刊物留给书籍出版业的事情，不过是重印和发行学校课本。"① 夏瑞芳、张元济们当然没有这样一二三四地罗列刊物和书籍的短长，但这样大规模的办刊，显然是他们感觉到了刊物对于一个创办机构的重要性，刊物对于出版社在读者群、作者队伍的建立、广告和市场的开拓所带来的便利，以及刊物对于社会所具有的极大影响力。

---

① R. S. 布里顿：《中国期刊出版》，转引自［法］戴仁：《上海商务印书馆（1897—1949）》，李桐实译，北京：商务印书馆，2000年，第19页。

由于连续出刊,在时间上的要求,出版社的营业额也会比较稳定,再加上刊物预订的收费,为出版社提供了可贵的流动资金,刊物出售的码洋也大大增加了出版社的营业收入。《东方杂志》《小说月报》之外,《妇女杂志》也成为中国新文化和新文学中具有广泛影响力的刊物,传播新思想,造就了一种新的文化和潮流方向,开启了时代的先河。①

中小学教材的编印是商务成为历史上之商务的最主要原因。张元济之踏入出版业,开宗明义"吾辈当以扶助教育为己任"。中小学甚至大学教科书是直接的教育用书,当然费力最多,也最能体现一代知识群体对一种新文化的普及和构造。清末学校未开办之前,儿童读书多在私塾,学习《三字经》《百家姓》《幼学》《诗经》之类,以"读书百遍,其义自现"而死读死背为特点。1897年,南洋公学外院开始分国文、算学、舆地、史学、体育五科,为我国自编教材的开始。大约1911年,俞复在上海创办文明书局,从七个方面编成七编,出版蒙学课本,这些课本注意到由浅入深,也辅以图画,楷书石印,内容形式都比较美观。很受当时学校的欢迎,两三年之间就印行了十几版。②

---

① 参见章锡琛:《漫谈商务印书馆·〈妇女杂志〉》,载《商务印书馆九十年》,第116—119页。
② 参见蒋维乔:《编辑小学教科书之回忆》,载《商务印书馆九十年》,第55—56页。

但这些教材借用外国知识分类，在体裁上模仿外国课本的体例和结构，却不按照新学校的学制分册，也未出版指导性的教材教法，教学上使用起来总是不畅。这些教材现在当然难以觅到，但据一些回忆文章就举国文一科为例说，认为其仍艰深乏味，了无开蒙气息，客观上难以适应新式教育的需要。

1902年8月，清朝廷颁布《学堂章程》，废科举、兴学校。全国各地公私学校纷纷创立。当时主要用的课本，仍然不外《三字经》《千字文》之类。张元济认识到编写新式教科书已是当务之急。他"不避艰难，毅然负此重任"，亲自参加编纂。是年，商务出版了"最新初高小学教科书"16种，"教学法"10种，"详解"3种，"中学校用书"13种，同时还编辑有师范学堂、高等学堂、实业学堂用书数十种，外语类及相关杂书数十种。编辑这些最初教材的除张元济而外，还有高梦旦、蒋维乔、庄俞、杜亚泉、伍光建等人，他们大多有学堂的教育经验、留洋的经历以及某方面的研究专长。① 这些教材后来根据时势需要都经过多次修订。

1903年金港堂入股以后，商务更得到了日本教材编辑专家的帮助，其中一位长尾槙太郎是日本高等师范学校的

---

① 参见蒋维乔：《编辑小学教科书之回忆》，载《商务印书馆九十年》，第68页。

教授、富有编辑教科书经验的专家,另一位小谷重是日本文部省图书审查官兼视学官、金港堂编辑部主任,在教材编辑出版和推广上极有经验。他们改以前一人包办为多人合议的教材编辑方式。

以《最新国文教科书》的编辑为例,蒋维乔负责,最初的编辑思想蔡元培等人都有参与制定,后来编辑过程中参加合议的就有张元济(所长)、高梦旦(国文部主任)、小谷重、长尾槙太郎等人。讨论包括教科书的编辑体例,含多少册,每册多少课,每课含多少生字等,这些规定之后,试编若干课,然后一起合议、讨论、修改、定稿。在小谷重和长尾的建议下,他们还请第一流的绘画家加上插图,增加学生的阅读和学习兴趣。[①] 国文教材的编写,此前多为文言,尽管不断改进,学生特别是儿童,认字和释义仍然困难,1917年以后则更配合时势多换为白话,选应用文和新式白话文为范文。最初教材的基本编写人员多为第一线的新式学校教员,不仅尽当时之可能遵照学生学习心理和实用的需要,编写严谨,而且一改传统开蒙读本中守旧的伦理道德教条,换以新的仁爱、平等、科学知识和思想观念,从一开始就把简单知识的学习和新思想的规训

---

① 参见王益:《中日出版印刷文化的交流和商务印书馆》,载《商务印书馆一百年》,第385—386页。

结合在一起。① 最新教科书编定以后，未及五六日，即销去4 000册，一再重印，四个月销售了十多万册，轰动一时。最新教材编写的成功使商务很快在晚清的学校教材出版界居于领导的地位。1906年，清朝学部审定初小书目，全国送审102册，其中商务就有54册，约占53%，可见其举足轻重的地位。

由于商务印书馆在教材编辑出版上获得的成功及其所带来的巨大利益，其他书局竞相参与，几方面不断地拾遗补阙，改革提高，中国教育从分散的私塾、换汤不换药的学堂，转变发展出学制渐渐清晰、学科建制覆盖广泛的现代教育系统雏形。不能不说，印刷技术的现代展开，更为快速、大量、多样的出版物为一代教育家和教育思想的形成和完善开辟了另外的空间，教材的编写和改进展现了这一空间变化的最大效能。张元济说要"以扶助教育为己任"，但他其实并不清楚要扶助的是"怎样的教育"，现在的这种教育形态显然是与通艺学堂不一样的。张元济等人从来没有表达过对于他们改造社会教育和思想成就的得意和满足，但现代教育雏形的确立，具有新意识观念和思想

---

① 汪家熔在《近代出版人的文化追求》中对于商务新式课本的编辑思想和编辑过程有很详细的分析，特别对杜亚泉编的《文学初阶》的"识字知理，引导人生"给予了很高的评价。但《文学初阶》大杂烩式的编写仍只是旧式蒙学课本与最新教科书之间的过渡。

的国民经由这些教材从最基本更广泛的层面成长起来，所谓"现代"的意识和观念似乎可以说是露出它的头角了。

当印刷技术成为思想传播的手段，也成为一门生意以后，现代出版的最大的问题和困境在于对利益的执迷。在出版界浸润二十多年之后，张静庐深有感慨地说自己是一个"出版商"而不是"书商"，这是一个"差之毫厘谬以千里"的分界线，虽然出版商也要为生活，为维持事业的必要开支而顾到"钱"，然而，出版商人似乎还有比钱更重要的意义在这上面。① 张元济们显然没有仅仅醉心于学校教材及其参考用书的编写，虽然这个领域也需要全身心投入，而且利润大，竞争空前激烈。在那一代的知识群体看来，浩瀚的中国古典文献承载着中华文明的宝藏，千百年来发展而至清的学术意义和价值同样需要通过出版来传承。这是一代知识群体的精神认同和归宿，是精英的，被视为文化的、知识的、道统的源泉，也是中华文明的象征。中华文化和文明有着金钱和利益耗不尽的光芒和魅力。

那一代人，即如读书不多的夏瑞芳、陆费逵等，也同样表现出对文化和文化人毫不犹豫的尊重。据张元济的记载："时归安陆氏皕宋楼藏书谋鬻于人。一日夏君以其钞目示余。且言欲市其书。资编译诸君考证。兼以植公司图书

---

① 参见张静庐：《在出版界二十年》，南京：江苏教育出版社，2005年，第136—137页。

馆之基。余甚韪之。公司是时资金才数十万元。夏君慨然许以八万。事虽未成。亦可见其愿力雄伟矣。"① 商务印书馆在成立编译所之后，为便利编译人员查校及书局翻刻古籍之便，建涵芬楼，搜罗旧籍之多最为著名，后在张元济等人的经营下扩充发展为东方图书馆。在张元济看来，这是做好编译工作的前提。文化的生产首先体现在对文化的尊重、痴迷甚至膜拜上，上述夏瑞芳之举即为体现。

但新文化之来，对于旧籍之价值，如何估量确实是问题。即如胡适在1921年看涵芬楼藏书，觉得西文书甚少，中文书中志书颇多。善本书颇不少。当他看到"有一部黄荛圃藏的宋本《前汉书》二十册，价二千元"，就发自内心地感叹"二千元买一部无用的古董书，真是奢侈。他们为什么不肯拿这笔钱买些有用的参考书呢？"② 对典籍的价值在不同时空有不同的看法，胡适尚且如此认为，在需要考虑产出和利润的商务印书馆其他人看来，岂不更有啧言？在1926年东方图书馆成立之际，商务内部的各种人事关系纷纷扰扰，张元济之描述已故商务创始人此举，有可能是他在此种特定时空中说给特别的人听的。面对各种压力，张元济有他对中国传统文化的坚持。

---

① 张元济：《东方图书馆概况·缘起》，载《张元济诗文》，第240页。
② 胡适1921年7月19日日记。见《胡适的日记》（上册），北京：中华书局，1985年，第144—152页。

张元济和夏瑞芳等人，对于古籍（以及它所代表的中国传统文化）不变的痴迷和价值认同是毋庸置疑的，而张元济原本就精于版本、目录及校勘之学。由此，张元济在主持商务印书馆期间，成套影印出版了大批的古籍，如《涵芬楼秘笈》《续古逸丛书》《四部丛刊》《百衲本二十四史》《续藏经》等。对于这些影印善本古籍之类的编选校勘工作，张元济都始终参与。

在出版这些书籍的过程中，搜罗版本，调遣人力物力，精选精校，尤其以《四部丛刊》和《百衲本二十四史》所花精力最多。除采用涵芬楼藏本之外，他们还辗转国内有名的图书馆和藏书家商借。为给《四部丛刊》选择好的善本，他们专门派版本目录学家孙毓修和沈德鸿（即茅盾）到南京江南图书馆调查斡旋，另外派人到南京摄影、校勘制作。① 为影印出版《百衲本二十四史》，张元济等多次与政府方面斡旋，去日本向宫内省图书寮内阁文库、静嘉堂等处访书、商借，费时既久，所耗财力巨大，终于玉汝于成。正如当时的编辑者所云，这些大部丛书印成以后，每部丛书多的达三四千册，少的也有千把册，定价都在几百元以上。虽然多数成为目不识丁的富商大贾客厅的装饰品，

---

① 参见茅盾：《我走过的道路》（上），第169—172页。

但对于中国文化界不能不肯定有相当的贡献的。① 丛书发售预订的季节，张元济几乎每天都要到发售部门了解情况。商务的刊印古籍，从1920年的《四部丛刊初编》开始，以后更印《续编》《三编》。此外，还有《学津讨原》《续藏经》《正统道藏》《四库珍本》《宛委别藏》《北京图书馆所藏善本丛书》和《万有文库》第一二集、《丛书集成》等，又把《四部丛刊初编》缩印成"精装本""平装本"两种。

从今天所能找到的资料看，商务印书馆印制这些大型古籍，包括中华书局等出版机构，并没有亏本或者不堪负担而怨声载道的记录。相反，按照章锡琛的记述，在经济困难的时期，这些大型古籍的预订书款是很重要的现金流。所以，常常是前一部预约书还未出齐，就登第二部预约书的广告，在编译所里，诸人整天使尽心机，拟议大部预约书的题目。事实上，为很多今天的学者所忽视的是，由于摄影石印、珂罗版印刷等印刷技术的便利，已具备的印刷机械需要大量的印刷业务支撑。一般选题和书籍成稿太慢，而涵芬楼（后扩充为东方图书馆）、中华书局藏书楼（后改为中华书局图书馆）所收藏的古籍如需要利用，其印制

---

① 参见章锡琛：《漫谈商务印书馆》，载《商务印书馆九十年》，第121—122页。

成本和利润也难以像其他书籍一样核算成本和利润。显然，对于这些典籍的出版，在操作过程中是超越了简单的利益核算的。一方面，在一代出版家的眼里，出版是重要的文化机构，是承担了一个国家和民族对于文明文化保护传承之重大责任的，另一方面，成熟的典籍、潜在的市场、巨大印刷能力的生产需求，使得看上去不那么"现代"的古书旧籍被深刻地纳入到印刷"现代"的生产逻辑中了。

在这样的逻辑下，商务借用成熟新印刷技术刊印古籍的工作，带动中华书局等其他出版机构纷纷仿效。中华书局校印《四部备要》，影印《古今图书集成》，编辑《辞海》，等等。这些古籍的刊印，普及的作用虽不显著，却面向了传统读书人群体的需要。而且，在有"话语权"的知识群体中可以由此树立相当好的口碑，对于古籍保存和流传的意义尤其大。这些多方面展开的出版工作共同造就了19世纪二三十年代中国（特别是上海）文化出版事业的黄金时代。

相较于商务印书馆在普及教育、精英文化、时务期刊上的成就，在新文学蔚成潮流之后，不少批评者以为商务印书馆在文学上的努力或过于保守。"晚清的小说，在中国小说史上，是一个最繁荣的时代……书目上收的最多的，要算《涵芬楼新书分类目录》，文学类一共收翻译小说近四百种，创作约一百二十种，出版期最迟是宣统三年（1911

年)……当时小说……至少在一千种左右,约二倍于涵芬楼所藏。"阿英所描述的状况当然与梁启超等人倡导"新小说"有关,但也仍然据阿英所总结的,"造成这空前的繁荣局面,在事实上有些怎样的原因呢?第一,当然是由于印刷事业的发达,没有前此那样刻书的困难,由于新闻事业的发达,在应用上需要多量的产生。第二,是当时的知识阶级受了西洋文化的影响,从社会的意义上认识了小说的重要性。第三,就是清室屡挫于外敌,政治又极窳败,大家知道不足与有为,遂写作小说,以事抨击,并提倡维新与爱国"①。

商务在这方面的工作,从1903年出版《说部丛书》《绣像小说》,此后更成套出版"林译小说",1910年创刊《小说月报》,所用多为旧式文人,革新不足。但在当时小说作为一种文类仍然是不登大雅之堂的。即使是以翻译说部而著名的林纾,面对康有为"译林并世数严林"之誉,仍然要不高兴,大意也是认为他的功夫乃在古文。1920年,《小说月报》为茅盾所接管,进而成为"文学研究会"的大本营,算是在新文学的历史上重重地写了一笔。面对不断变化的文学历史场合和文化生产市场,一代旧式知识群体如此规划、应变,大约算是很有眼光的了。然而,印

---

① 阿英:《晚清小说的繁荣》,载张静庐辑注:《中国近代出版史料》(初编),第184页。

刷技术的变革，印刷资本主义和书刊出版结合之后所造成的效果，还不只是在具体某几种类型作品的出版、某种文学思潮的流行上。由于印刷现代性的展开，晚清民初从印刷文化的生产、销售，到读者、作者认同的建立等多个方面，形成了一个新的文学生产的场合，这是需要更进一步探讨和分析的问题，下一章将对此做细致的分析。

第三节　出版机构的运作：在传统与现代之间

1916年底，茅盾在写给他母亲的信里说，商务印书馆是个"怪物"，一方面似乎搜罗人才，多出有用的书籍，而另一方面却是个变相的官场，处处讲资格，讲人情，"帮派"壁垒森严。[①] 商务以勇于创新，能够吸引新的思想和人才而成为当时著名的文化机构，但从陆费逵的另立门户创立中华书局，到后来章锡琛、陈叔通、伍联德等的离开，不少当时和此后在出版界有作为的人士就离开都谈到了在商务的某种不如意。个人、企业在不同的时空和面对不同状况时会发生变化，原也难免。但茅盾所指出的"怪物"现象却是张元济等力图避免的。

1898年7月，京师大学堂创设，张元济以其个人资历

---

① 参见茅盾：《我走过的道路》（上），第129—130页。

及办通艺学堂的经验被任命为学堂总办。张元济坚决辞而不就。原因之一是不愿意与管学大臣孙家鼐共事，而在根本上他还觉得"此事亦恐变为官事，步官书局之后尘"[①]。曾经由强学会创办的《时务报》，汪康年主持报务梁启超主笔，报馆的势头不错，社会上流传广泛，效果也好，但被改为官办后，由孙家鼐主持，言论取舍和报馆经营权均被控制，报纸成为官方的传声筒，原有的编辑只负责印行，报纸的活力急遽丧失，只好关门大吉了。冠盖京华的翰林生活让张元济对整个官僚系统繁琐的人事关系，拖拉、推诿的办事作风深恶痛绝，避之唯恐不及。其记忆和认识是那样深刻，以至于后来的商务迭经变革，作为商务中流砥柱的张元济始终没有就任总经理之职，就是惮于与衙门在具体事务上有往来，因而始终不肯出面。[②] 此后的离开南洋公学，大抵也是由于和学监福开森意见不合，又不为盛宣怀信任，只能好聚好散。夏瑞芳等更不用说了，因为不能忍受捷报馆的欺压而出来自立门户。他们要"以扶助教育为己任"完成以"出版救国"的事业。现在商务是他们自己的企业，何以会让人觉得是"怪物"呢？

[①] 张元济1898年7月27日信，见《汪康年师友书札》，转引自叶宋曼瑛：《从翰林到出版家——张元济的生平与事业》，张人凤、邹振环译，香港：商务印书馆，1992年，第43页。
[②] 参见陈叔通：《回忆商务印书馆》，载《商务印书馆九十年》，第137—138页。

这就要牵涉到新的出版机构在运作过程中的组织和管理问题了。

在商务之前的各种官刻、私刻，书局的生存靠官式衙门或者某个私人所能提供的资产为保证，书局的管理多由某种依附关系维系。如前所述，官府的刻书和编书取决于主事的官员，刻印何种书籍佛经典籍，有用没用，均由官员的认识和喜好决定，相关编校、刻印费用由官银支出，能出售回本多少算多少，基本没有市场压力。私刻同样取决于私人的认识和资产规模，刻书重于私藏轻于社会流通。

明代毛晋算得上中国古代卓越的出版家，从明代天启初年到清康熙中叶，其业务覆盖选书、校勘、雕版、刻印、装订、出售，历数十年。在编校方面，毛晋设汲古阁、双莲阁、关王阁三处校书之所，以道统延揽文人名士，然后"家蓄奴婢二千指"（即200人），"入门僮仆尽抄书"，是大院家族式的管理和运作。这种旧式私刻书籍的销售和流通，主要靠士人之间的口碑，不要求在短时间里卖得多和快，而在于书籍卖得久，卖得广，书局运作稳定。① 以毛晋为代表的家刻的管理方法今天难以找到更多的资料和更详细的分析。清朝中后期的私刻作为文化机构大抵延续汲古阁的运作方式。此外，某些以营利为目的的坊刻，在应

---

① 参见缪咏禾：《毛晋汲古阁的出版事业》，宋原放、王有朋辑注：《中国出版史料：古代部分》（第一卷），第592—615页。

试的几个时段，做科举入闱者的生意。那些销行广泛的书籍类型，卖书的地方和方式也都基本固定，即使有变化也不会太大。① 这样印书的数量和种类不能与汲古阁之类相比。以个体手工业生产为主的坊刻在管理上基本没有结构性的新问题。

由此可见，上述以雕版为基本印制方式的书局，对于利润的要求和书籍影响时空的期待完全不同于能够大规模印刷生产的商务印书馆了。就像印刷技术大规模展开之后，会要求新旧杂陈的各种类型印刷物来填充一样，作为新式出版机构之新，大约也新在它在运行过程中出现的问题不一样。新的印刷机构管理者和受雇者之间的落差不产生于管理者的主观想法，而是印刷资本介入之后，由于金融资本自身的要求、大企业的生产和运行逻辑，其与个人经验、文化感觉之间必然出现矛盾和问题。为了把这个转折时期的问题展现得更具体，下面以商务在人员构成、编译管理等方面的情况为例，加以呈现和分析。

在经历了早期艰苦的创业阶段以后，商务的资产规模和

---

① 平襟亚在《六十年前上海出版界怪现象》的"书业怪杰"一节中说，在科举时代，沈知方还年轻，跟着几位书业老前辈带了考篮往各行省、各码头赶考场，向举子们兜售《大题文府》一类的书籍。沈氏走南闯北，善于留心，对各类书籍的行销网了如指掌，只消一见书名，略看内容，便能肯定这本书该销往何处，能销多少。平襟亚的文章当然是说沈氏之精明，但由此亦可见当时坊刻畅销书刊的题材和销售之大概。

生产组织方式已远非昔日作坊式的运作方式可比。印刷资本主义当然会带来一系列与这一生产方式相关联的问题，商务在人员结构、生产管理等方面都发生了大的变化，生产的组织以及所出现的问题当然也就不同了。晚清民初上海社会政治极为复杂，在变成中国最大的文化生产机构以后，新的问题牵涉面会更广。茅盾的回忆录里，对商务印书馆编译所内各种关系有很详尽的描写。商务早期创始人员，本来就有两个部分。其一是夏瑞芳、鲍咸昌、高翰卿等印刷业务的草创者，姻亲关系紧密，都是教会同人，主持经营和印刷业务。另外的就是以张元济为主，主要负责编译所的工作。

草创之初两方面问题不大，夏瑞芳被刺以后，家业变大，问题开始出现。首先是用人，以鲍、高为总经理的教会派，喜用家族朋友和"平素相识之人"，觉得还是自己人比较可靠。张元济从出版事业的发展出发，则认为"平素相识之人"范围太狭，而"旧人中不能办事者甚复不少"，强调五湖四海，喜欢招用有新知识、能"与学界、政界接洽"的新人，主张"取诸社会，用人惟才"。[①] 其次，其实也是上述问题更深刻层次的表现，两方面对事业发展的看法不同。张元济办出版的动机和思想"不专在谋利"。由于是新事业，加上公司同人勤勉上进，商务每年的利润都很

---

① 参见李家驹:《商务印书馆与近代知识文化的传播》，北京：商务印书馆，2005 年，第 61—65 页。

可观，早期就表现为资本扩充快，如此十几二十年后，累积了相当的公积金，张元济主张继续扩充事业，高翰卿主张分红，意见很不一致。这原是一般公司常见的矛盾，但在用人、公司发展方向等多方面的矛盾累积多了，没有统一的管理思想，终至于大家无可回避，各自退出。好在两方面都有相当的格局和气量，能以商务事业大局为重，每次出现问题都能妥协解决。①

以上是在管理者上层，在馆内的其他方面表现就更为多样。根据庄俞1931年出版发表的《三十五年来之商务印书馆》记载，当时商务的业务包括隶属于总馆的编译所、研究所、印刷所和发行所，印刷分厂两处，遍布全国各地的分支馆三十六处，此外还有东方图书馆和尚公小学两个附属机关。计有在编员工3 125人，其中江苏1 462人，而浙江有1 392人，此外的安徽、福建最多也不过几十人。这样大的出版机构的管理确实不是一件简单的事情。

除了公司业务的任贤用能而外，各种社会关系都需要照顾。茅盾自己的进馆当然由于他是北京大学的毕业生，但更是由于他的卢表叔——北洋政府财政部公债司司长，经由商务北京分店经理孙伯恒的介绍。张元济派人用自己的车把他送到英文部了。张元济之后，编译所长高梦旦是

---

① 参见陈叔通：《回忆商务印书馆》，载《商务印书馆九十年》，第137—138页。

福建长乐人，所以福建籍的编译人员自然很不少。编译所的国文部部长庄俞是江苏武进人，专编小学和中学教科书的就清一色是常州帮。理化部主任杜亚泉是绍兴人，所以理化部多绍兴人。录用与否，年底加薪多少，个人能力贡献之外，都和这样的社会关系相关。①

不仅编译、管理人员，就是一般的下层工作人员，比如宿舍管理员福生，茶房元老通宝，也都各有来头。商务自己开办了商业补习学校、平民夜校，其中的优秀学生也会补充到商务的员工队伍中来。翻阅张元济厚厚的几册日记，几乎都是对商务管理的琐碎事项的记录。从杂役到编译所负责人，某某荐来某某，合适不合适接受，什么人工作还不错，需要加工资几元等，不一而足。张元济并不喜欢这样的事情，对其中不少事情的处理，也不一定是张元济的本意，但商务印书馆这样的大企业也是生活在当时的

---

① 参见茅盾：《我走过的道路》（上），第 120—122 页。然而，茅盾的回忆有很"文学"的成分在。按照商务印书馆英文部周越然的回忆，当时商务的人员构成是很五湖四海的，仅编译所在 1903—1930 年间，聘用的中国留学归国人员就有 75 人，日籍人士 4 人（见周越然：《我与商务印书馆》，《商务印书馆九十五年》，第 167 页）。录用与否、薪酬的厘定，张元济也自有分寸。而据陶希圣所述，在商务内部，国内毕业生与不同地区留学生的待遇是很不同的，就连书桌和书架的大小都有差别。又，周越然回忆，1922 年左右，薪资最高的月薪 300 元（留美博士、英文部主任邝富灼），最低的只有 4 元（胡愈之，他当时只有中二的学历，张元济赏识他的文章，收为编译所练习生）。茅盾最初的月薪是 24 元，按规定进馆后可按年递加 6 元，至 60 元止，茅盾能力出众，半年后即加至 30 元，当了《小说月报》主编以后是 100 元。

社会文化氛围中的,张元济得处理各种各样的关系。比如茅盾能进商务,而且一来就受到张的礼遇,就是由于茅盾的亲戚是北京财政部的要员,北京分店孙经理因此而特别推荐。不用说,张元济是被裹到企业运转的车轮中了。

这种矛盾也体现在张元济对于编译所的管理上。张的身上有旧式文人的风范。他对道德和文章都有很高的要求。他既严于律己,看人待事自然不免严格,有时候甚至也不免苛刻。当时编译所设在宝山路厂房南首一座大楼上,四五十人聚在一起,每人一张写字台,没有遮隔。这是今天大公司都采用的方法,稍有变化的邻座之间会以矮矮的挡板隔开来。这既节省办公面积更便于领导的检查和监督。当时的编译所虽然人多,但只有打字机和翻书的声音,各人安静地做自己的事情。有访客来,就在普通的会客厅里。编译所里总是一派严谨肃穆的景象。① 张元济自己每天总是早到迟退,躬亲细务,常喜在各人办公桌旁巡视。一天,张元济巡视到一位王姓抄写员案旁,看他正在写准备石印的尺牍书底样,拿起一张细看,很不满意地发出"嘻——哈——"的叹声。不料这位抄写员突然把笔在案子上用力一拍,立起身大声喊道:"我赚你二十四块的工钱,你嘻哩哈拉做什么?"说完就头也不回地扬长而去,当天中午就卷

---

① 参见包天笑:《钏影楼回忆录》(中),466页。

铺盖走了。① 这当然只是管理过程中尴尬的一幕。他后来管理校史处的工作,也是各个人把每天完成的工作量,上下午分别校了什么书,做了校勘记多少页或者描润底样多少张,填写成工作日记,下班后汇总交张元济晚上复核和抽查,次日返回的。②

这种管理方法是很类似于"小学"功夫的,需要非常仔细和严格。认真的工作和认真的人生,正是今天社会所缺乏的,令人钦佩,但对于一个大的企业管理者和下属而言,如此管理和如此管理之下的日常生活和工作,或许会让两方面都觉得累。同是商务管理层的李拔可都说:"张先生只求审察之明,我不敢苟同。"③ 而商务有抱负的新进人员同样对商务内部的各自发展感到不满和忧心,认为"馆中元老皆(1)退职官僚,(2)工人,(3)文人,没有一人能知道营业道理的";"事权不统一,馆中无人懂得商业,无人能通盘筹算,无人有权管得住全部";"最大的弊病是不用全力注重出版而做许多不相干的小买卖。编辑(译)中待遇甚劣,设备(图书、房子)亦不完备,决不能得第一流人才(终年无假期。暑假名为可以自由,而又以加薪

---

① 章锡琛:《漫谈商务印书馆》,载《商务印书馆九十年》,第110页。
② 参见王绍曾:《商务印书馆校史处的回忆》,载《商务印书馆九十五年》,第295—315页。
③ 曹冰严:《张元济与商务印书馆》,载《商务印书馆九十年》,第32页。

之法鼓励人不告假）（薪俸也极薄）"；"几个新进来的人本想对于改良编译所的事作一个意见书，后来因知道绝无改良之望，故不曾做"。① 而张元济在与高翰卿的矛盾被引爆后，迅速登报声明坚决退休，大抵也真是累不过了。总之，外面看上去很光鲜，里面看来却问题一大堆。

为对付事权的不统一，早在1915年陈叔通进馆，第一件事情就是设立总管理处。以革除编译、发行、印刷三所互不相关各搞各的毛病，建立联席会议制度，相互协商统筹规划。但从1921年胡适参加的"编译会议"的情况看，仅仅在编译所里面，就"仍旧没有能通盘筹算的人……可以断定，馆中英文部以外无一人能知道英文部现在干的什么事的"。整个商务馆的情况就更难说会有怎样的统筹和计划了。一方面是管理层内部的各种矛盾，具体管理过程中的费心吃力，加以不断兴起的工潮等社会运动，还有其他书局带来的竞争压力，张元济显然觉得难以应付。1920年，他辞去了商务印书馆经理职务，退出了一线的管理工作，但仍然是商务的灵魂人物。另一方面，正如他的朋友、商务另一位重要领导成员高梦旦所深刻感受到的，由于新文化运动的冲击，社会文化大势的变化，需要有新人用新的知识和眼光来领导商务的出版，组织新的社会文化生产。

---

① 参见胡适1921年7月18—20日的日记。载《胡适的日记》（上册），北京：中华书局，1985年，第144—152页。

在屡次的盛情邀请之下，1921年7月胡适到商务考察两个月。按照商务的想法，原是很希望作为新文化运动标志性人物的留美博士胡适能够担任编译所所长（总编辑）的工作。胡适虽然承认"得着一个商务印书馆，比得着什么学校更重要"，但终究"还有我自己的事业要做"，而且头绪繁多的行政管理也非其所长，推荐王云五以自代，而胡适本人在听取了各方面人士的意见，广泛调查之后，提交了一份改革意见书，在组织管理、人员待遇与进修培养、设备改造等方面为商务提供改革意见。张元济看后以为"没有什么太难实行的"。胡适的到访和考察显然为商务内部积蓄的各种矛盾和问题，特别是有抱负的"新人"，提供了一次宣泄和表达意见的机会，真正的改革和改造等到王云五接替编译所所长以及总经理之后才展开，但那又是一系列新的矛盾和问题的出现，一个新的再从头说的故事。

从上面的讨论中，我们可以看到，当一种具有一定生产规模，强调投入、产出，形成某种生产、销售（消费）和再生产的文化生产机构确立以后，它对于劳动的组织、生产的速度和效益的要求就内在地生长出来。在这个新的机构和组织内部，原有的知识理想、人际关系、劳动伦理、价值取舍，人们日常生活中的行为，渐渐会改变，进而形成新的文化组织和观念认同。这些东西不是出于某个人的别出心裁或行事风格，而是由于印刷技术的广泛运用，印刷现代性展开所带来的结果。

知识、文化、思想等并不是在知识和文化思想里内在地生产，而是来源、产生于生产和实践的过程。当今炙手可热的理论家齐泽克说，意识形态不是仅仅存在于观念形态，而是产生和渗透在人们日常生活的行为中的，这句话或许可以为之注脚。同样是在上述讨论的过程中，我们还可以感悟到，所谓"挑战—回应"说、"西化"与中国的现代化之间的关系云云，大抵也只是单一思路下的知识演绎。从商务印书馆的管理、组织中，我们看到了各种矛盾的产生，也看到了这些问题的解决，它不是照搬西方的现代企业制度及其管理手段，也不同于旧式的家刻和官书局，而是融合了新的印刷技术的生产要求和中国传统的人文关系及家族企业的管理手段，内在地形成和生长出来的。这也正是印刷现代性在晚清民初展开所体现的独特性。

第四节 泥沙俱下：印刷出版中的资本市场

金属活字印刷术的发明促进了印刷业的发展。它使得印刷业从分散的零星运作转化为集约式的规模生产。不同于雕刻印刷，上市的印刷品要求必须是高质量的，出版一部作品就需要很大的固定资产投入：将金属制成活字耗资巨大，印刷机械的购置，相当面积厂房的租建，稿费支出，油墨的成本，插图的准备工作，大批纸张的购置费用。生产之外，要向已经形成阅读习惯的雕版书挑战，在比较短的时间里产生比较大的销售量，就意味着要构建一个覆盖比较广的集推销、发货、付款于一体的专业销售网，而销售网络的建立也是需要很大资金的。

印刷业的门槛抬高了，转变为一个以技术变革来带动生产和销售模式变化的、资金集中的行业。与此同时，它也是一个利润回报丰厚的行业。享有盛名的点石斋书坊，其拥有者英人美查（Ernest Major）原本从事的是茶叶棉花生意，也正是看到新的出版技术带来的印刷市场之大，才转而开起书馆来的。

具体来说，以商务为例，众所周知最初的投资是3 750元。1901年张元济、印有模入股，经估价原股升值7倍。一个不大的投资在养活连亲戚带朋友的一帮人之余，四年之间资本还有这么大的增值，如果不是新的印刷技术带来利润之丰厚，夏瑞芳等再怎么勤勉努力，大约也是难以办到的。事实上，据商务老人蒋维乔的记述，张元济进馆之前，《华英初阶》和《华英进阶》"行销极广，利市三倍"。此后，夏瑞芳曾斥巨资（有人说是上万元）购得西人译稿数部，但译稿粗制滥造，印行了几种，并无销路。[①] 按照

---

① 蒋维乔:《创办初期之商务印书馆与中华书局》，见张静庐辑注:《中国现代出版史料》（丁编），北京：中华书局，1959年，第395—396页。

高翰卿的回忆，前述一部《通鉴辑览》，木板雕印卖20元一部，商务的铅印定价二元几角，价格的竞争优势不言而喻，初印100部，再印至万余部，其中的利润当然是很可观的。当时出版业的利润，可以在后来走了极端的"一折八扣"的书中看得更为清楚。一部32开400页的标点古籍，每部包括纸张、印装等，造价为0.16元，定价2.4元，二折发行0.48元，得利润200%，即0.32元，批销商预付订货一折，有了预付款资金成本也有了，利润不低于成本的50%，为了扩大销量，就在这个基础上再打八折。也就是说定价1元钱的书出版商实得8分还有赚。①

这种高定价低折扣的出版状况当然是病态和畸形的，损害了不知情的读者的利益。为节省成本而粗制滥造，还会造成"劣胜优败"，对于出版业危害甚烈。但把这一发生于1930年代持续长达五六年的事件放到当时的历史状况中来说，也正如林语堂所说的，在印刷业大进步的现代，早应使书越出越便宜，乃是合理。书价一便宜，读者便增多，姑不论版本好坏，提倡大家读书之习惯，其功劳就不小；此习惯之养成，其间接影响于我国文化也非同小可。② 以

---

① 参见平襟亚：《上海滩上的"一折八扣书"》，载《出版史料》1982年第1辑，第137—139页。
② 参见林语堂：《翻印古籍珍本书》，载《林语堂书评序跋集》，长沙：岳麓书社，1988年，第94页。

20世纪初的印刷技术的成熟度,书刊的印制成本当然不及30年代,但与原来木板雕刻定价相比,给读者的心理感觉仍然是很强烈的,市场以及利润空间很大。在资本和利润的追逐下,印刷即出版局面下所可能出现的问题就非常清楚了,印刷与出版之间的平衡状况也就要很快被打破。

由此可见,当印刷技术展开之后,出版行业的运作逻辑完全不是家刻和官刻时期所可以比拟的。它进入了另一个崭新的夹缠着文化的理想和责任、商业利益的诉求等多重目的的运营模式中。文化的生产由于技术变革之后的商业利益驱动,得以通过市场等新的传播渠道展开。一个新的文化循环开始了。正因为这样,张元济在南洋公学的月薪是100块银圆,而夏瑞芳敢以350元每月诚邀。张元济在南洋公学组织翻译《日本法规大全》,因经费短缺而停译。1904年,夏瑞芳慨然答应接手重译,仅翻译费就有1万元。有学者研究指出,1906年,《日本法规大全》译竣出版,81厚册,正值清廷宣布预备立宪,各衙门和官员都很需要,该书以普通和普及两种版本印行多次。[①] 如此出版活动之赶上卖点大赚和晚清社会从君主立宪到改良、革命等政治文化潮流的变化之间,无疑是互相作用,相互生产的。文化的生产和消费,社会文化认同的建立由

---

① 参见汪家熔:《近代出版人的文化追求》,第112—113、137页。

此可见。

顺风或是逆境是任何一个行业和有点历史的企业都会碰到的问题，对于某个个体而言这或许有阶段性和特殊性，但印刷现代展开之后进入印刷资本主义，资本的大小和资本怎样被控制成为左右文化生产的导向，这就有了某种普遍性。雕刻时代如汲古阁者刻书依靠的是几百亩良田支撑或者官府的拨款，田产耗尽、官银不济，书局转手关门。这是在中国古代出版史上最常见的。有学者指出，早在1880年代，上海的石印书店已经有四十余家，而与商务印书馆同时代问世的书局，有记载的也有几十家。① 但最后大浪淘沙，能坚持而幸存者少。商务开业股本为3 750元，大抵还只是一个小印刷公司。张元济加盟之时的1902年增资扩股到5万元，日本金港堂合资之后再扩大为20万元，技术和资本得到极大的提高。十年之后的1913年增至150万元，胡适到馆考察之后的1922年统计是500万元。②

如此巨大的资本运营，而且资产遍及多个行业，跨越多个省份地区，管理是一个新的问题。商务印书馆也好，

---

① 参见张秀民：《中国印刷史》，上海：上海人民出版社，1989年，第589页。
② 参见庄俞：《三十五年来之商务印书馆》，载《商务印书馆九十五年》，第721—763页。

中华书局也好，在其发展史上都曾经历过严重的资本危机。1910年秋天，夏瑞芳调用公司资金，投机橡胶股票失败，就曾使商务陷入严重的财政危机。夏头脑灵活，为人诚恳，对商务殚精竭虑，但他公私不分地调用大量公款却也暴露了中国旧式企业管理的缺陷。相较于商务，中华书局就没有这么好运气了。1917年，由于扩张过快，同业竞争激烈，入不敷出，股东之一副局长沈知方个人投资失败破产，书局受累，商业纠纷多而讼事不力，外地支店欠款回收不力，书局吸收了储户的存款而准备金不足，流言一起而发生挤兑风潮，当时数一数二的中华书局很快陷入破产的边缘。后虽多方组织"维华银团"支持运转，但情形仍"危机间不容发""凡三年余"。十多年后，陆费逵仍然心有余悸、如履薄冰，"此三年中之含垢忍辱，殆非人之意想所能料"，"民十以后，元气稍苏"，"然民十五受同业压迫，民十六受工潮影响，其危机又间不容发。十余年来，股东债权热心维持，同人工友效死勿去；社会各方扶助维护；此不绝如缕之文化机关，数从死里逃生"。① 1920年代后期世界书局曾并列为三大书局之一，后终究在资产运营中失利，书局股权一再倒手而衰落。章锡琛创办开明书店，以出书质量取胜，安守本业，但从兄弟书店发展到"七联"之一

---

① 陆费逵：《中华书局二十年之回顾》，见俞筱尧、刘彦捷编：《陆费逵与中华书局》，第469—470页。

的大书店的过程中，也是以累次增资扩股为生存和发展途径的，由于章氏兄弟在资金周转调动方面的能力有限，总经理一职先由杜海生后由范洗人担任。回到商务印书馆，很难想象没有大笔资金的调度和运作，不是张元济在管理商务运作的过程中具有核心的领导地位，《四部丛刊》《百衲本二十四史》等能够出版。

资本迅速扩张并集中于印刷出版行业显现了印刷出版所具有的强大吸引力，也彰显了它在一个时代举足轻重的伟力和地位。但从上述的讨论中，也可以看到出版和一个时代的文化所潜藏的另一方面的危机，资本的过度参与超出了知识群体的文化追求所具有的掌控能力。资本的本性是噬利的。越来越大的资金需求，弱肉强食的商业竞争，动机不一的股东意见，使得文化生产中的文化坚持越来越容易被生产文化的商业性绞杀。资金越大，文化的多元性就越容易受到破坏。文化生产的单一性背后是文化自主性的削弱。文化也就越容易被大资本、主流意识形态控制，成为"文化工业"。它对于包容异质因素、新生文化所具有的开放性空间也就被压缩了。

类似于印刷出版业这样被文化资本反噬，受制约程度更大的是电影。相较于文字传播，电影以更迅速有效以及更集体的方式，用画面等视觉语言，进行某种"形象"塑造，在对某种"共同""想象"和意识的召唤中，电影的作用更能被充分发挥。但由于它所牵涉的资金量越来越大，依附性就越来越强，市场、政策等国家主流意识形态就更容易掌控。① 它具有的主体性很容易被它所追求的形式背后的资本大鳄所吞噬。当张元济等"以扶助教育为己任"，认为出版是"重要的教育机关"，借助印刷技术革命进入刚刚兴起的出版业的时候，他们大概没有想到，印刷的现代生产展开之后会被资本的绳索缠绕得这样紧。正如左翼理论所批判的：商品已经成为它自己的意识形态。在这种商品意识形态下所出现的是一系列行为、实践，而不是一套信仰。比较而言，也许旧式的意识形态才是信仰。张元济们的文化理想正受制于这样的资本和文化商品自身的意识形态。

第五节 新格局："印刷大于出版"

印刷现代性展开所带来的巨大的读者市场，印刷技术所蕴含的强大生产力，使它成为新兴的资本角逐市场。印刷和出版需求之间的平衡也由于大批资金的进入而打破。出版机构的运作常常因为受到资本逻辑的控制而演变为资本的运作。

不同于商务之先办印刷而后出版，1912年1月1日中华书局诞生时却是只营出版而无印刷的；尽管，中华书局

---

① 参见李政亮：《在战争与现代生活中回荡的日本电影》，载《读书》2007年第9期，第147页。

在民国后期是以印刷力量的雄厚（包括大量代印民国纸钞和各种债券等）来支撑整个书局的。1911年武昌起义成功，一直有着革命思想的陆费逵预感到了晚清统治的覆灭不可避免，一个新时代即将来临。雄才大略的他不再像在武汉参加日知会时那样冲动，而是一边按部就班地到商务印书馆应卯上班，一边暗中邀聚合适的人计议筹划，通宵达旦地编辑适合新形势需要的中小学教科书，筹措资金准备成立自己的出版机构。①"中华教科书"出版，书局"开业之后，各省函电分驰，门前顾客坐索，供不应求，左支右绌，应付之难，机会之失，殆非语言所能形容"。② 很有意思，对民族国家有使命感的陆费逵感叹的重点不是读者的需求，而是读者市场的错失。

---

① 参见李侃：《陆费逵创办中华书局概况》，沈芝盈：《陆费逵伯鸿行年事略》，分别载俞筱尧、刘彦捷编：《陆费逵与中华书局》，第86—93页、第493—533页。有不少讨论中华书局何以诞生的文章，有意无意地把重点放在陆费逵之组建中华书局是否背叛商务的问题上，汪家熔先生对此作了客观而扎实的考证和分析（参见汪家熔：《近代出版人的文化追求》，第181—191页），但汪过于注重商业上的竞争和陆费个人权益的合理合法性，而忽略了陆费逵早期思想的革命性。在本书看来，陆费逵之自立门户不仅是由于他自己的不甘人下，个人才能受到商务的约束，更由于他思想中的激进性与张元济政治思想的保守性的不相容。虽然中华最初编辑出版的是中小学教科书，但其中确实饱含了陆费逵对于革命、政治的敏感和追求。参见陆费逵：《我的青年时代》之"我的政治理想"一节，载俞筱尧、刘彦捷编：《陆费逵与中华书局》，第481—485页。原载《新中华》第2卷第6期。
② 陆费逵：《中华书局二十年之回顾》，载俞筱尧、刘彦捷编：《陆费逵与中华书局》，第469—471页。

也许是由于当时一般教科书的印刷根本不是问题，没有资料说明中华书局这第一批书籍是在哪里印刷的，但以陆费逵的作为和他自立门户之前在商务担任出版部长兼交通（公关）部长的资历，即使不是在商务的印刷厂，短时间少量地安排印刷事宜不成问题。饶是如此，是年冬，中华资本稍有扩充之后，即添设印刷所于福州路惠福里，置印刷机6台，专供印刷教科书之用。1913年，中华书局增资至100万元，扩股改组为股份有限公司，迁至东百老汇路，印刷机增至十五六台，每天能排字200页，铅印100万张，彩印10万张，能精雕各种黄杨木版、铜版、电镀铜镍版，能制作出售字体精美的中英文铅字。①

在当时的从业者陆费逵的眼中，没有足够的印刷能力支撑，出版社的生产能力就不能得到保证。一个出版机构要具备一定的竞争力还是要靠印刷能力来说话的，他不能让"供不应求"的遗憾再次出现。中华的崛起及其与商务的竞争导致了印刷技术的进一步发展。他们在全国各地开设分号，自办印刷，"添购新式器械，增广印刷实力，延聘高等技师输灌欧美之技术，派人出洋留学养成完备人才"。

在前一章中，我们已经指出，商务印书馆印刷生产力的扩大催生了商务教科书、各种新式思想和书籍、期刊、

---

① 参见俞筱尧：《陆费伯鸿与中华书局》，载俞筱尧、刘彦捷编：《陆费逵与中华书局》，第215—280页。

传统典籍等选题和书稿。当时书业的营业状况，按照上海书业商会评议员、书记陆费逵的记述，前清末年，每年不过四五百万元，其中商务占三分之一，文明书局、中国图书公司、集成图书公司等合占三分之一，其他各家占三分之一。到民国初年大约1 000万元，商务占十分之三四，中华书局十分之一二。① 中华和商务的出版能力占了全国的半壁江山。因此，当商务和中华都得到大发展之后，几乎可以说中国的出版印刷能力得到极大的提高，也带动了中国印刷和出版物结构和内容的变化。

1902—1910年的晚清十年是新式媒体在晚清开始活跃的十年。各种白话报刊创办，各种类型的印刷厂开办，纸张等印刷器械和耗材进口量大幅度增加。当时的铅字印刷用纸，大多依赖进口，从光绪年间开始大量输入。光绪二十九年（1903年），海关开始有详细的记载，每年为几十万元。1912年达到300多万元，1913年则达到600多万元，1920年更达到1 000多万元。按照输入的数量计算，1912年为482 667担，1913年迅速增长到971 347担。此后渐有回落，到1920年恢复到100余万担。②

---

① 参见陆费逵：《六十年来中国之出版业与印刷业》，载俞筱尧、刘彦捷编：《陆费逵与中华书局》，第478页。
② 参见贺圣鼐：《三十五年来中国之印刷术》，载张静庐辑注：《中国近代出版史料》（初编），第257—283页。

在用纸依靠进口的同时，国内造纸业也为印刷提供了很大的支持。1884年，中国历史上第一家机器造纸厂上海机器造纸厂建成投产，能日产漂白施胶的洋式纸两吨。1890年代，广州出现了能年产纸800余吨的造纸厂。1904年，中国第一家官商合办的龙昌机器造纸公司在上海创立，主要生产书刊印刷用毛边纸和连史纸，达到日产10吨的生产能力。1907年，官办武昌白沙洲造纸厂建立，年产连史纸、包纱纸、印刷书刊用纸530吨。1910年，志强造纸厂在东北吉林建立，主要生产书刊印刷用纸，年产500吨。此外，重庆、济南、贵阳等地在19世纪初叶都有大量机器造纸厂建成投产。① 这些生产条件的出现也为印刷大于出版格局的持续出现准备了条件，为印刷和出版的关系、出版机构的生存和发展的生态带来重大转变。印刷能力的迅速扩大，为各种新生政治社会文化的生产和传播带来了几乎是决定性的变化。

根据《中国近现代出版通史》的统计，1895—1911年的17年中，出版有500多种中文报刊，至1911年1月尚存92种。这些报刊主要集中在上海（33种）、香港（6种）、广州（7种）、北京（6种）、天津（5种）等地。而在1911年，创刊的又超过200种。这些报刊大多具革命倾向，

---

① 参见张树栋、庞多益、郑如斯：《简明中华印刷通史》，桂林：广西师范大学出版社，2004年，第254—259页。

与政论相关。在民国最初的五年里,据现有实物推算估计,大约有报刊680种。这些报刊除政党言论报刊而外,实业性报刊、科技、医药、教育类报刊大增,消闲类读物迅速增加。① 包天笑在他晚年所著《钏影楼回忆录》里,回忆了他从苏州一个穷士子到为《时报》写小说,编辑外埠新闻,每月可以得到薪水80—100元的生活经历。在当时的士人科举取士、做塾师和医生、入幕、学做生意之外,他蹚出了一条文人谋生的新路。他也因此成为上海滩著名的小说家、鸳鸯蝴蝶派的创始人之一,也是著名的报刊编辑。② 后来的研究者也由此而把他视为因应社会变化,在新的纸质传播媒体兴起的时代出现的部分江南士人的典型。③ 也正是在这样的传媒文化勃兴的氛围中,出现了一些后来被认为是改造国民性、改造社会的重要阵地的刊物和出版社,那些或激进或保守的知识群体才得以啸聚报刊,跃到时代的潮头。

无论如何,对于像商务印书馆和中华书局这样具有"现代"意味的印刷出版机构而言,印刷技术的变革和大资

---

① 参见叶再生:《中国近现代出版通史》(第二卷),北京:华文出版社,2002年,第2—17页。
② 参见包天笑:《钏影楼回忆录》,1990年。
③ 参见李仁渊:《晚清的新式传播媒体与知识分子:以报刊出版为中心的讨论》,台北:稻乡出版社,2005年,第337—363页。

本的加入带来了从生产规模、市场营销模式到人员构成、生产和管理组织方式等一系列的变化，出版机构的运作不再仅仅限于出版印刷事务本身，而是演变为资本甚至社会文化的变革，这就是印刷现代性展开的结果。由于资本、市场的推动，文化生产以及文化传播的过程有着显而易见的物质性因素。这些物质性的因素在今天常常被归纳为商业性或者市场的力量，它在20世纪初叶的中国文化建设过程中是具有解放性的。在对抗传统政治的一元性压抑等场合下，那些具有解放性的因子就是直接附着于"商业性"和"市场"，而"嵌入"在技术变革、生产组织、人事关系、企业管理等一连串与物质性生产相关的事务之中，对文化的转变产生作用的。

这种文化的生产和传播特点在不同的时间和地方都具有相当程度的普遍性，并不只是出现在历史上的商务印书馆、中华书局，它同样以不同的方式表现在世界书局、开明书店、良友图书公司等出版机构发展过程的不同阶段。不过，从对商务印书馆的分析中也可以看到，当技术的发展达到一定程度以后，由于文化经济学的作用，物质性的技术惯性会内在地产生出文化生产的要求。规模生产要求文化产品具有同一性。当文化产品由匮乏、短缺转变为产品过剩和生产能力的相对过剩以后，对"文化产品"内涵的要求就会浮现出来。当印刷技术吸纳了过多的金融资本，潜在的规模生产能力完全展开以后，印刷能力相对过剩，"印刷即出版"时代结束，印刷大于出版的局面开始。文学、文化生产和消费，以及文化认同建立的内容和方式就会出现新的状况。新文化的生产和循环，就从印刷技术转变到更深更广的层面展开。

第五章

出版机构、编辑与现代文学的发生

"印刷即出版"局面的结束不只是印刷能力大于编辑出版能力的问题,更意味着出版社与印刷厂不再是一而二、二而一的关系。"现代"生产的概念就是以不断进行的专业拆分和更细密的劳动分工来完成的,也意味着资源的重新配置和对效率的追求。就业务要求而言,印刷和编辑出版可以分开各自进行经营和运作了。这在印刷出版行业里出现了两种情况。

其一,由于印刷出版的生产流程关系密切,出版机构方面要有足够的生产能力实现大批文化产品的生产,印刷方面要保证巨量的印刷能力不会空转,因此,大的印刷厂和出版机构关系仍然密切。就像商务和中华两家,在很长时期里就一直坚持印刷和出版两方面齐头并进的发展格局。①

---

① 其实,在王云五主持商务的中后期,商务渐渐缩小了在印刷行业的投资而更注重图书编辑出版工作,而中华却加大了在印刷上的投资,商务在印刷上的竞争落后于中华。由于各种政商关系,中华后期的业务和利润更多来自于包括债券、股票等有价证券印刷。参见俞筱尧、刘彦捷编:《陆费逵与中华书局》。也见王益:《中日出版印刷文化的交流和商务印书馆》,载《商务印书馆一百年》,第385—386页。

其二，就整个印刷和出版界而言，由于大批金融资本进入出版业，大型印刷厂不断引进设备、提高生产能力，一些中小印刷厂也跟着建立起来，印刷产能过剩，印刷大于出版的格局仍然非常清晰地表现出来。印刷厂作为工业企业，按照自己的逻辑寻找资金、市场，构成一个印刷业自身的生态，展开印刷企业的生产和再生产。编辑出版要按照自己的判断，组织和出版合适的书刊。因此，从总体上说，20世纪最初几年的"印刷即出版"状况改变为1910年代后期开始的"印刷与出版分离"。挣脱印刷能力制约的编辑出版从此展现出与原来不一样的文化生产格局，印刷与出版之间的市场关系出现了。由于拆除了投资印刷厂的高门槛，一些中小型规模的编辑出版机构可以比较自由地组建，开展自己的文化生产。各具特色的"小众"的文化形态及其生产机制的出现，文化生产的内容随着这一生产模式的变化而呈现出不一样的特质。文化生产模式和思想文化传播方式由于这些众多的"小众"而出现多元的局面。

其三，印刷出版机构的普遍化催生出了一大批此前没有出现过的文化人。他们可能是革命者、教师、留学生、写作者、有某种理想的青年，甚至可能就是有某种兴趣而无所谓理想的"浪荡子"。在生活、工作的某个时刻，他们会信笔涂鸦写些新诗或小说，跑出来编一份期刊，组织几本书稿出版，办一家出版社，编辑出版的功能性特征在他们身上深刻地体现出来，一批前此未有过的兼职出版人出现了，他们真正把编辑出版作为自己的兴趣、爱好，作为自己从事文化建设、生活理想甚至谋生活的一种手段。但不同于张元济等人的是，他们把出版作为企业、事业的诉求反而不那么强烈。由于这些出版机构小而多样，其编辑出版的工作方式和内容与上一章讨论的大出版机构很不同，一些新的文化形态、特质也就由这些多样、庞杂的出版机构催生出来。中国现代文学的发生就是其中特别有意义的结果之一。

考察20世纪初叶几家对现代文学的产生有过重要影响的出版机构，呈现这些中小出版机构的文化生产逻辑，或许能让我们看到中国现代文学发生时的状况，从而阅读出新的特点和意义。

第一节　众多中小型文艺出版机构的创立

在生产新思想和新文学的中小出版机构当中，亚东图书馆大约是开设较早、经营时间较长而贡献比较大的一家。它的前身是1903年汪孟邹等人在安徽芜湖创设的科学图书社。从草创的时候就专门代售上海出版的新书报。晚清民初的安徽是多位重要知识分子的故乡，也是他们从事思想和文化活动的腹地。芜湖就是一个新知识群体联结上海与内地的很重要的码头。1904年,陈独秀出版《安徽俗话报》,由科学图书社出版发行。这份18开20页左右的俗话报名报实刊,月出两期,并没有自己的印刷厂,而是由章士钊所办的上海大陆印刷局在上海承印,然后寄送到芜湖、北京、保定、南京、长沙、南昌等地发行。如此编印分离地出到第23期,再出一期就是正好两年了,陈独秀却说什么也不肯再编,只好停刊。

科学图书社经营了十余年以后,1913年,亚东图书馆在"科学图书社申庄"(即科学图书社上海分号)的基础上挂牌营业,开业股本为2000元,仍然没有自己的印刷厂。

图文地理的出版是建构国家观念的重要媒介,亚东成立之初就出版过"中华民国四大交通图""全国地文图""地势图""山脉图""水道图"等不少地图,皆彩色鲜明,印制精美,是通过朋友联络在日本印制的。此后的几十年间,亚东出版了包括《独秀文存》《胡适文存》等文集,《尝试集》《三叶集》《蕙的风》《冬夜》《踪迹》等新诗集,出版了蒋光慈的《少年漂泊者》《短裤党》等革命文学作品,首创出版了《水浒传》《红楼梦》《三国演义》等标点本,出版了王凡西、郑超麟等人的译著,前后共250余种。因为陈独秀和胡适的关系,《青年杂志》《新潮》《建设》《少年中国》《每周评论》等刊物的出版和发行也都与亚东的编辑出版圈子有着或这样或那样的密切关联。陈独秀、胡适等人就正是以亚东这样的出版阵地为基地展开他们的工作的。①

亚东自己不办印刷，从汪孟邹的日记和汪原放的回忆看，他们的一般图书印刷大多托给大陆印刷局②、群益书社、华丰印刷厂、民友社印刷局、太平洋印刷局等印刷厂印制，英文读物则先后曾托给作新社、商务印书馆等的印刷厂排印。没有自己的印刷厂，使得出版社出书更少负担，进退之间也更自由。他们不仅可以根据价格选择印刷厂，还可以想办法为一些内容敏感的书籍找到印制厂。

亚东（包括其前身科学图书社）自始至终不办自己的印刷厂，依靠策划、编辑和发行书刊来经营③，直到1953年奉命歇业。对于出版社方面，这固然有自由进出的好处，但没有了通过印刷技术带来的工业生产附加利润，亚东在书刊经营上不可避免面临着很大压力。对于有稳定而大批销量的书籍的竞争，像亚东这样的书局显然竞争不过商务、

---

① 亚东图书馆的历史及其出书情况，可参见汪原放：《亚东图书馆与陈独秀》，上海：学林出版社，2006年。
② 汪孟邹在晚年的口述《亚东图书馆简史》（见汪原放：《亚东图书馆与陈独秀》附录一）里说："我们现在还欠人一点钱，章士钊的稍多。"这拖欠章士钊的应该就是指大陆印刷局的印刷费。
③ 在汪原放1961年回忆编制的亚东图书馆同仁名录中，也只有编辑所和发行人员，而无印刷人员。

中华等大的出版机构。

就亚东来说，它既没有什么政治或其他利益团体在背后支持，甚至还要不时接济和支持陈独秀等朋友的工作和生活，这就逼得亚东不能不开发新的书刊、开发当前社会新兴的多元而小众的知识和思想热点，以找到一定销售市场来维持书局的生存和发展。"五四"过后的1920年初，汪原放萌发用新式标点分号和分段标点出版《水浒传》《红楼梦》等四大古典小说的想法，做成后，短短的两年之间，就发行了1万多部，得到很大的成功。文化和文学的新因子就在这样的尝试中成就。陈独秀、胡适、鲁迅等人对汪原放此举也极为嘉许。

亚东在经营上很少有大发展的时候，即使是在它首创出版新式标点的古典小说热卖的时候。新思想、新文学的标签，不是简单贴上就能卖的。对于要靠市场生存的企业而言，"新思想"是一柄双刃剑。亚东的政治倾向在总体上是比较革命的，陈独秀、蒋光慈的书更几次三番被政府禁售，这更让亚东的生存常常处在风雨飘摇之中。也正是在这种磕磕碰碰的运转过程中，具有革命倾向带着新思想的中国现代文学得以发生和传播。

印刷力量壮大了，但为不断产生的多元的新兴出版组织提供文化生产可能性的，并不只是它的革命性。商务、中华都会出版一些文学类书籍，但少而且"保守"。泰东、光华、北新以及其他众多文艺书店的开设因应的就是这种情形。1925年春,沈松泉、卢芳、张静庐看到上海还没有一家专出文艺书籍的出版社,就想承担这方面的责任,便依了"日月光华,旦复旦兮"的古辞,开办光华书局。某个晚上,几人聚在张静庐当时上班的商报馆里一合计,张静庐任经理,卢芳跑营业,沈松泉管出版,"各人尽各人担任的工作",此外不用任何雇工。三个人都是穷光蛋,"二十五元,就是光华书局开办时仅有的资本"。25元能顶什么用呢?买一点必需的筹备费用——文具笺封招牌等。"(张)是对于印刷所有相当的交情的,同时也吃过几年纸行饭,就归我向纸行赊欠纸张,同印刷所办到不付钱可以先印出来书的交情。""松泉担任拉拢几部暂时不付现金的稿子。""卢芳担任营业上和事务上的奔走。""开办的办事场所则是向一个朋友借在山东路口太和坊弄堂的楼上,光华书局就开张了。"①

这情形与二十几年前商务印书馆3 750元捉襟见肘地买几台印刷机就开张,与中华书局十几年前2 000多元的创业,是完全不一样的。像这样办出版社,在今天看来,几乎就是皮包公司了。其真得益于商务、中华等打开了新的

---

① 参见张静庐:《在出版界二十年》,第76—79页。另参见沈松泉:《关于光华书局的回忆》,载宋原放主编、陈江辑注:《中国出版史料:现代部分》(第一卷·上册),第342—344页。

读者市场，新文化的读者群体通过新式教育得以扩大，也得益于铅字印刷技术的普遍应用，各种不同类型印刷厂所产生的强大的生产能力。在张静庐和沈松泉后来的回忆中，他们都特别提到了各自的人缘，但假如印刷业没有发展到一定程度，一般铅字印刷没有普遍施行，印刷厂不是生产能力有剩余的话，张静庐们大概也没有那么多印刷厂可以选择，也没有那么大的能耐靠赊欠开业一家专出文艺书籍的出版社的吧。

光华书局的开办不是特例，当时的很多侧重文艺、政治、科学、文化的小出版社都是这样开办起来的。有几个开办的启动费更好，没有的话，得着几位志同道合的朋友一合计，勇气、热血加上克服困难的决心，捋起袖子就开干了。泰东书局创立于1914年，几位热衷于政治学系的人觉得从事政治活动必须掌握一个出版机构，便于发表自己的政治主张。开始的时候还集资了一点钱，三两下就花光了，几位得志的股东到北京做官去了，留下赵南公为之经理。泰东在早期也还真的出版了不少介绍苏俄进步社会思想及论述中国社会、政治、经济以及妇女问题的书，包括《世界联邦共和国宪法集》《新俄国研究》《中国家庭问题》等。在泰东书局的后期，则基本上以郭沫若、成仿吾及其作者圈子为主要作者群。后来甚至干脆请二人为出版社编辑。成、郭的编辑费既不靠谱，稿费也不事先确定，要用钱了，东拉西扯地零星支取。最后实在说不过去的时候，赵南公拿了一张2 000元的股款收据给郭沫若，至于这2 000元股权占总股本的多少，享有书局多少权益，大概连赵南公也不知道。就这么稀里糊涂地，凭着对新式市场朦胧的期许和冲动，泰东出版了郭沫若的《女神》《星空》等诗集，《少年维特之烦恼》《茵梦湖》等译作，郁达夫的《沉沦》、张资平的《冲击期化石》等小说，新诗超越了胡适的《尝试集》，展现出另一种更广大的空间，实现在中国现代文学史上的崛起。在胡适之外，郭沫若等人凭借泰东书局出场。泰东书局也为创造社的成立以及创造社丛书的出版提供了重要的出版阵地。①

前面所述是说中华、商务这样的大印刷出版机构剩余的印刷力量直接为文学的生产提供了可能。不仅如此，一些中小印刷厂也可以依靠被大印刷厂淘汰的小型印刷机器廉价地开办起来了。1917年，北大出版部成立，"红楼"的地下室里附设了一个小型的印刷局，排印北京大学的讲义及刊物等。1918年底，傅斯年、罗家伦、顾颉刚、杨振声等人在陈独秀、李大钊等"新青年"系教授的支持下，创办新潮社，出版《新潮》月刊和"新潮社丛书"。社址

---

① 参见沈松泉：《泰东图书局经理赵南公》，载陈江辑注：《中国出版史料：现代部分》（第一卷·上册），第329—335页。另参见郭沫若：《创造十年》，载《郭沫若全集》（文学编 第12卷），北京：人民文学出版社，1992年。

和编辑部就设在红楼的一楼。① 大学生新型文学社团的组织和对新文学的介入,对于文学和社会思潮之未来走向,是具有先锋性和标志意义的,特别是在北京大学。北大新潮社的成立和"新潮社丛书"的出版早期虽有北大的支持,但在教师的薪资都难以支付的情况下,要北大兑现对学生学术社团的支持自然是困难的。北大出版部附设印局为新潮社印书也不是不要钱,为了印好《新潮》月刊和"新潮社丛书",新潮社的同仁们找了京华印刷局、商务印书馆北京分馆、财政部印刷厂。印费的支付,开始时是预付三成,交货结清,后来有了交情,就不那么认真了。1923年8月《呐喊》在新潮社的出版,还是鲁迅自己垫付200元印费的。② 1925年3月,北新书局在新潮社的基础上成立。开办之初,资金极少,靠发行《语丝》及"新潮社丛书"的些微利润及代办书刊销售的回扣维持。最初的出书是鲁迅的译稿《苦闷的象征》,稿费好说,欠。印书需要钱,分量较大的书,预约销售吸收现款作为印书费用;一般的书则

---

① 参见李小峰:《新潮社始末》,载宋原放主编、陈江辑注:《中国出版史料:现代部分》(补卷·上册),第1—48页。
② 参见李小峰:《新潮社始末》,载宋原放主编、陈江辑注:《中国出版史料:现代部分》(第一卷·上册),第329—335页。又《鲁迅日记》1923年5月20日载:"(孙)伏园来……付以小说集《呐喊》稿一卷,并印资二百。"当时孙伏园是新潮社的编辑。据鲁迅日记,这200元印资在1924年3月14日和4月4日分两次还清。

在出版后卖特价以迅速回笼资金。① 当时，新文学已经风行全国，有些书虽然有一定的风险，但行销数量却也有一定的保障。

虽然印刷、资金上都有困难，但这些书店的出书质量却很不差。亚东、泰东、光华都看不起那些拆滥污的出版社，对任何书稿总要"力求校得一字不错"。1947年的《大公报》曾有文章特别写汪孟邹办出版的严谨，说他"丝毫不苟"，"连一张广告稿子，也必定规划妥善、算准字数，并且请人誊正，然后付排"。"在他这种精神熏陶之下，亚东的同人也保有了这种优良作风，无怪乎亚东版的书籍，校对特别仔细，错字几乎没有，版本形式也特别优美了。"② 书店多，出书也多，对质量的要求就更重要了。不只亚东重视图书质量，其他的书局也是如此。北新书局从一开始就秉持鲁迅提出的"书要印得精美，售价要低廉，对作者要优待"三原则。不少书还是鲁迅自己设计封面和版式的。确实，在这些文艺书店背后，站着陈独秀、胡适、郭沫若、鲁迅等人，他们大都有过编刊物、报纸的经验，

---

① 参见李小峰：《鲁迅先生与北新书局》，载宋原放主编、陈江辑注：《中国出版史料：现代部分》（补卷·上册），第1—48页。
② 萧聪：《汪孟舟——出版界人物印象之一》，载1947年8月10日《大公报》的《出版界》版（第44期），转引自汪原放：《亚东图书馆与陈独秀》，第213页。

对于自己亲自参与和指导的出版社，要求也极严格。

　　技术的变化与社会审美趣味的变化相结合也构成了文化和文学形态的变化。图文书的出版及《良友》画报是近年被讨论得比较多的出版话题。对于中国现代文学研究而言，《中国新文学大系》和《良友》画报是绕不过去的重要成就。做出这样重要贡献的良友图书公司的创立就是印刷技术的改进、美术爱好者加入到编辑出版中来的直接结果。良友的创办者伍联德最初是商务的美术编辑，为商务出版的《儿童世界》写美术字。他对以美术、图画从事出版事业充满热情，曾草拟了很多出版计划给当时商务的主持人王云五，均未被采纳。终于，伍联德感到在商务无可展布，系决心离开，自己办理出版。他从银行贷得五千元资本，以极低的价格从一位赏识他的长辈手里转让得一家印刷厂，1925年开办自己的良友图书印刷公司。在自己的印刷所里，伍联德经常守在印刷机旁边，钻研印刷技术，向印刷工人学习，琢磨怎样提高印刷质量。在新的印刷需求和印刷手段面前，印刷和出版是结合在一起的。最开始印行的是《少年良友》，一本与商务印书馆的《儿童世界》、中华书局的《小朋友》类似的小型画刊。很快，伍联德觉得不过瘾，他决定编一本前所未有的大型画报。

　　1926年2月《良友》画报创刊。由于伍对图片的组织、选用、编排都非常内行，画刊具有创建性的形式、内容，与此前各种刊物都大不相同，令人耳目一新。刊物一出，就得到了读者热烈的反应。当时就有人说，《良友》画报一册在手，学者专家不觉得浅薄，村夫妇孺不嫌其高深，一致欣赏。海外华侨更通过它联结祖国情况甚至世界大事。此后，良友还出版了《艺术界》《现代妇女》《体育世界》和专门报道电影方面活动的《良友银星》四种定期刊物。

以艺术、美术为特点，《良友》画报展现出不一样的出版风格。而且，不同于一般画报的消遣无聊，《良友》画报以宽广的视野和对文化的理解造就文化潮流。这些努力使《良友》画报迅速成为增广见闻、深入浅出，以及宣传文化美育、启发心智、丰富常识、开阔生活视野的刊物。《良友》画报当时还做了不少有影响的人物专题，第25期画报的专题就是采访鲁迅的，其上还刊发了鲁迅的几张照片，其中坐在书房里的一张，便成为最能表现鲁迅的神采和生活环境的、富有代表性的留影之一，可见鲁迅对《良友》画报的认可。① 不单是画报，1930年代，青年编辑赵家璧在良友主编《良友文学丛书》和《新文学大系》，也是很得鲁迅支持的。

《良友》画报的印刷，最初用道林纸。为求图片印刷效果精美，良友还陆续购进了几部美国平版机，画报在第37

---

① 据马国亮回忆，李金发办的《美育》、梁所得离开《良友》画报后自办的《大众》画报都希望刊登鲁迅的照片，却没有得到鲁迅的同意。

期开始使用铜版纸印刷。从第45期开始,《良友》画报印数超过30 000册,原有的印刷条件已经不能应付,便交商务印书馆用影写版承印。影写版是滚筒式凹版,刻蚀细密,不仅效果比铜版更清晰悦目,而且还可以使用吸墨性较佳的道林纸,多印也无损于图片的清晰,当时最好的销量达到42 000册。1931年淞沪战起,商务印书馆厂房被毁,机器损坏,画报再回到良友用铜版纸印刷。①

从一般图书的印制到图文书的大规模印刷,《良友》画报的意义显然不只在于印刷技术和能力的提高。图文书的出现并且风靡,展现了一个时代从阅读文化到视觉文化的变化,折射出的是读者群和文化状态变化的新趋势。

由于各种各样的意旨动因,有着不同趣向和特点的出版机构得以建立。由于当时的文化格局、地缘政治等关系,上海成为当时中国现代出版业的中心。1897年前的五十年间,上海先后存在的各种类型出版机构有23家。此后,在上海新办的出版机构,一直呈现快速增加的趋势。按照《上海出版志》所列资料统计,从1897年商务印书馆的创办算起,以五年为一个阶段,新开出版机构10家,同期有20余家。1902—1906年,新办有13家,同期有30余家。1907—1911年,新办16家,同期有大约40家。1912—1916年,新办11

---

① 参见马国亮:《良友忆旧录》,载宋原放主编、陈江辑注:《中国出版史料:现代部分》(第一卷·上册),第357—381页。

家，同期有 40 余家。1917—1921 年，新办 10 家，同期有近 50 家。1922—1926 年，新办 20 家，同期有 50 余家。1927—1931 年，仅新办的出版机构就有 47 家，同期有 60 家左右，① 占了全国出版界的半壁江山。

这些生生灭灭但总体上不断增加的出版机构为各种新兴的文化状态提供了绝佳的生产条件。由于印刷技术的变化、众多中小型出版机构的兴起、传统的社会文化结构迅速解体，新的文化形态迅速崛起。据当时的文人回忆："那时正值国家鼎革之际，社会一切都呈着蓬勃的新气象。尤其在文化领域，随时随地在萌生新思潮即定期刊物，如雨后春笋。因为那时候，主办一种刊物，非常容易，一、不须登记；二、纸张印刷价廉；三、邮递利便，全国畅通；四、征稿不难，酬报菲薄；真可以说是出版界之黄金时代。"② 那些站在社会发展前沿的，对社会有批判性的，不安分的，具有强烈先锋性的思想和文学就以这样的出版机构为中介，有了走向社会的可能。沈松泉后来回忆说，像光华那样没有多少资本的小书店，在当时能够存在，最重

---

① 参见《1943~1949 年上海出版机构一览表》，原载宋原放、孙颙主编：《上海出版志》，另收宋原放主编、陈江辑注：《中国出版史料：现代部分》（补卷·上册），第 275—305 页。

② 秋翁：《三十年前之期刊》。秋翁是平襟亚（1895—1980）的笔名，本文初载《万象》1944 年 9 月第 3 期，转载宋原放主编、陈江辑注：《中国出版史料：现代部分》（第一卷·上册），第 401—408 页。

要的一点,是它不像其他大书店那样对出版的书刊小心翼翼,谨慎从事,不敢有一点冒险,借以保持身价,而是能凭着自己的勇气和不怕困难的精神,敢于接近大书店不敢接近的作家,敢于出版大书店不敢出版的书刊。这是他们成功的原因。① 从沈松泉的话里,我们看到了中国现代文学产生在怎样的一种文化生产机制里。新文学、现代思想不是空洞地产生的,而要通过对社会生活的组织、展开产生作用。中小型出版机构的创立和运作,就正是印刷技术变革导致社会文化生产机制变化的结果。

第二节 从出版人到创作者

由于大机器印刷所产生的巨大吸引力,资金、有写作能力的文人都被吸纳到印刷相关的事业中来。中国近现代文学的不少研究成果已经指出,稿费制度的逐渐形成,帮助了写作者从旧式文人的做官、入幕、教书、做生意的谋生之路中解脱出来,成为职业或半职业的写作者。② 大机

---

① 参见沈松泉:《关于光华书局的回忆》,载宋原放主编、陈江辑注:《中国出版史料:现代部分》(第一卷·上册),第354—355页。
② 对于清末不少知识群体和报人来说,报馆文字收入已经成为其生活来源的主要组成部分。如章太炎东渡日本后的生活经费主要来源于为广智书局"删润译稿,闲作文字登《丛报》"。另可参见郭浩帆:《近代稿酬制度的形成及其意义》,见《山东大学学报》(哲学社会科学版)1999年第3期。

器印刷和资本主义销售方式促使中国的文学成为面向普通人的商品。① 这些都是印刷技术在社会文化生产中被广泛运用的结果。由于有大胃口的印刷机嗷嗷待哺，愈来愈多各种各样的报刊版面开办出来，职业或半职业的写作者在当时的社会上成为一个群体。

在另一方面，如前几章所论述的，1895年甲午战争之后，随着印刷技术的改进，新式报刊、出版机构大量出现，知识阶层的启蒙运动已经从理论层次落实到实际行动，创办报刊、制造舆论成为知识群体"开民智""改造国民性"的主要工作场域。陈平原在对《新青年》的研究中，特别强调了周策纵的观察，说"《新青年》是在中国近代第一份中文刊物出现整整一百年之后创刊的"。因为，在《新青年》之前，"陈独秀办《安徽俗话报》、蔡元培办《警钟日报》、吴稚晖办《新世界》、章士钊办《甲寅》、钱玄同办《教育新语杂志》、马君武协办《新民丛报》、高一涵编《民彝》、李大钊编《言治》、胡适编《竞业旬报》"，甚至刘半农之为《小说界》撰稿、周氏兄弟之积极筹办《新生》，都构成了《新青年》等标志性思想刊物出版的前奏。② 陈独

---

① 参见袁进：《中国文学的近代变革》，桂林：广西师范大学出版社，2006年。
② 参见陈平原：《思想史视野中的文学——〈新青年〉研究（上）》，见程光炜主编：《大众媒介与中国现当代文学》。

秀们就是在这样的基础上"修正前人的脚步",使用报刊这一"传播文明之利器",从而站到时代思想潮头的。后来造成重大影响的"文学革命"就在这样的"修正"和"尝试"里激荡而出。

这个观察和强调显然是有意义的。但把这么多人在那个时代所做的事情搁在一起,一个更令人瞩目的现象便突显出来:这些从文学、思想到社会科学的多个方面的开山式人物,在他们开创事业的某个重要时期,竟然都和办报办刊如此深刻地结合在一起。显然,由于印刷技术的变革带来了前所未有的文化生产能力,印刷文化为当时社会所带来的文化及社会影响因此也为更多的人所看到和借重。于是,在20世纪的最初20年里,不只是张元济、陆费逵这样的专业出版人,一大批处在不同知识领域、怀着不同抱负、从事着不同职业的人,都会把他们的事业和印刷文化有意识地联系在一起,在他们生活的某个时期跑到编辑出版的事业中"插上一脚",他们因此就都有一个重要的身份,那就是编辑和出版人。

在这样一种大的文化生产环境下,中国现代文学的发生与印刷出版活动的现代展开纠结在一起就不能仅仅以个人的因缘际会而论了。不妨仍然以陈独秀等人的经历分析。

出生于安徽怀宁的陈独秀1896年考中秀才,次年因为乡试未中回到安徽,与汪孟邹等过从甚密,常常一起阅读

《时务报》，"始恍然于域外之政教学术，粲然可观，茅塞顿开，觉昨非而今是"①。1901年陈独秀东渡日本，大概是看到了日本社会变化之成功与传媒之间的关系，1902年返国筹办《爱国新报》，编辑《小学万国地理新编》等②。1903年，与章士钊等参与《国民日日报》的编辑，宣传排满革命，以自己的"文字功力与编辑才能"，宣传新思想、新思潮，并参与反清的实际活动，后受到清政府的压迫，返回安庆转到芜湖，他所选择的仍然是办白话报启蒙基本民众——《安徽俗话报》也因此而办得虎虎有生气，成为当时重要的白话报。

待讨袁军兴，陈独秀亦追随安徽讨袁司令柏文蔚。但很快，"二次革命"失败而受到通缉后，陈独秀带着妻子逃亡上海，以编辑《字义类例》《英文教科书》之类维持生计，所从事的还是编辑。这期间虽然由于"近日书业，销路不及去年十分之一，故已搁笔，静饿死而已"③ 而转它投，但1914年7月，陈独秀将妻儿托付给汪孟邹，自己再度东渡日本找章士钊，协助编辑《甲寅》，所寻找的是更大

---

① 陈独秀：《驳康有为致总统总理书》，载《新青年》第2卷第1号，1916年9月。
② 地理、舆图的编辑和出版在20世纪初的社会文化建构和知识群体的知识构成中有着比今天远为重要的地位，这显然与当时重要的民族—国家认同、社会、历史文化的大局观的建构有关。
③ CC生（即陈独秀），《生机》（致《甲寅》杂志记者），载《甲寅》第1卷第2期，1914年6月。

的编辑和出版影响,要展现的是他在思想传播上更大的活力和空间。陈独秀也由此结识《甲寅》的主要作者李大钊、高一涵、易白沙、张东荪等人,以《甲寅》为中心聚结了一批皖籍知识分子。

在很多研究者看来,陈独秀 1915 年夏的回国是为家累所逼,而创办《青年杂志》更是为生活所迫。① 这当然是不错的,陈独秀也得生活。但为什么要选择这样的生活方式呢?毕竟在世俗的标准看来,陈独秀靠写稿编刊物这样的讨生活,活得并不自如。即使在最困窘的时候,陈独秀的生活仍然是与针砭时弊、启蒙大众、造就新民的理想联系在一起的。他的内心深处仍然燃烧着强烈的改造社会的理想。《青年杂志》以青年为读者对象,仍然延续《甲寅》的办刊思想,条陈时弊,走"政治刊物社会化"的路子,高张"民主"和"科学"的大旗,第二卷起索性就改名为《新青年》。在被聘为北京大学文科学长,做了北大的教授以后,陈独秀仍然把《新青年》带到北京编辑。

从这一路的经历看来,陈独秀哪里是革命家和思想家,分明是编辑出版人。事实上,陈独秀之能脱颖而出,与其说是由于他在一个需要摧枯拉朽的时代所表现出的思想和

---

① 这些研究所引注的大多为汪原放在《亚东图书馆与陈独秀》的回忆,说《青年杂志》的创办是经由汪孟邹接洽,陈子寿、陈子沛兄弟的群益书社承担发行工作,月出一本,编辑费并稿费 200 元一期。

锐气，不如说是由于他过去十多年里在编辑出版领域里不懈的努力和作为。《新青年》最初的时候只印1 000册，后来愈出愈好，最多时可以印到一万五六千册。① 人们在评价陈独秀和《新青年》时，大多把这看作新文化、新思想的胜利，而很少从编辑出版的角度观察。新青年系的另一员大将刘半农原为旧文人，曾以"卖文生活"，在《时事新报》《小说月报》《礼拜六》等鸳蝴派刊物上发表翻译及创作小说40余部。后翻译高尔基小说《二十六人》，是把苏联革命文学介绍到中国的最早的译者之一。陈独秀发表《文学革命论》以后，刘半农在《新青年》第3卷第3号上发表《我之文学改良观》，后又发表《诗与小说精神上之革新》，呼应和拥护胡适、陈独秀的文学革命主张。② 在上述对于印刷技术、期刊沿革、人事状况的勾勒里，我们看到了编辑和出版人作为一种身份属性在一个新的文学文化生产结构中的形成。

进一步地，何止于立志要掀起"思想革命"的《新青年》群体呢，倡导科学的一般人不也是依靠新的纸质印刷媒介而形成科学人共同体的吗？中国科学史界有一个普遍的共识，《科学》杂志的创刊及其出版者中国科学社的创

---

① 参见汪原放：《亚东图书馆与陈独秀》，第33页。
② 参见庄森：《飞扬跋扈为谁雄——作为文学社团的新青年社研究》，上海：东方出版中心，2006年，第42—44页。

立，标志着中国现代科学技术的建立。1914年夏天的美国纽约，赵元任、胡明复、杨杏佛、任鸿隽等留美学生聚集一起，商量着组织一个科学社，出版《科学》月刊，向国内传播现代科学技术。按照任鸿隽1916年的回忆，鉴于当时的期刊大多有始无终，他们决定把这事当作一件生意去做。"出银十元的，算一个股东。有许多股东在后监督，自然不会半途而废了。不久也居然集了二三十股，于是一面草定章程，组织社务，一面组织编辑部，发行期刊……《科学》第一期，才得于1915年正月出版。"①

嗣后成立的中国科学社更以"刊行杂志，传播科学，提倡研究"作为社章的第一条。杨杏佛、赵元任、任鸿隽、竺可桢、胡适、李四光、茅以升、蔡元培等人，各自学术研究的领域不同，但在克服各种困难借重《科学》杂志的传播功能、办好杂志上，却是非常一致的。在期刊的编辑事务上，他们也投入了很大的精力，从选题、约稿、审稿、编辑加工、写编后记，甚至到最后的校对，不分巨细，事必躬亲。赵元任在他的自传里说，在哈佛读书期间，最耗时的课外活动，就是编辑《科学》，以致有一次竟接到指导教授的恳求信，要他务必削减课外活动。由此可见他们办

---

① 任鸿隽：《外国科学社及本社之历史》，转引自赵春祥：《现代科学的播种者——〈科学〉杂志》，载宋原放主编、陈江辑注：《中国出版史料：现代部分》（第一卷·上册），第420—437页。

杂志的投入程度。

由于中国传统排版是右起竖排式，古籍中的句读和标点也很少，不便于西文和数理化公式的联结横排，《科学》杂志是中国第一本左起横排的中文刊物，也是最早使用新式标点的刊物之一，此后，才有少量刊物仿照横排和标点。1918年，《科学》杂志随科学社的发起人和基本骨干社友的毕业回国而迁到上海编辑出版；1922年创立科学图书馆，以后更创设中国科学图书仪器公司，以彻底解决《科学》杂志因为文稿中希腊文和各种数理公式较多而产生的印刷困难。印刷方便了，原来的季刊就改为双月刊，以后更改为月刊。[①]

在五四新文化运动中，"科学"之能成为著名的"德""赛"二先生中的一个，并作为一种重要的观念在社会生活中建立和传播开来，成为召唤人们"现代"意识的重要诉求之一，科学家们所兼职的"课外活动"——编辑出版工作的价值意义是不亚于他们自己具体的科学研究工作的。

比较而言，中国科学社的成立和《科学》杂志的出版算是比较正式和认真的了，是师出有名的"名山事业"。对于"文学人"而言，这一与印刷文化相关的"玩票"性的

[①] 参见赵春祥：《现代科学的播种者——〈科学〉杂志》，载宋原放主编、陈江辑注：《中国出版史料：现代部分》（第一卷·上册），第420—437页。

编辑工作或许可以更为方便和随意。纸质印刷技术降低了杂志和出版社的门槛,有着各种志向和兴趣的同路人,也都会尝试着办一家自己的出版社或者杂志,圆自己的梦。沈雁冰、郑振铎之与《小说月报》,成仿吾、郭沫若和创造社,施蛰存、戴望舒、刘呐鸥之与"水沫书店"、《现代》,甚至后来胡也频、沈从文、丁玲之办红黑出版社,就都是这样"玩"过来的。

施蛰存和他那帮朋友的经验或许最有意思:1928年夏天,刘呐鸥来到上海,寓居在虹口江湾一个日本人集聚的弄堂内。无聊地聊天、看书、写文章,看电影或者跳舞。秋天,终于有一天,他对戴望舒说,我们自己办一个刊物吧,写了文章可以有地方自己发表。于是办刊物《无轨电车》。自己画了个封面。过不了几天,他们又在北四川路、西宝兴路办起了一个书店:第一线书店,但由于是在"中国界内",终因没有申请到营业执照而关门大吉。但文学青年之办书店是那样的时髦,1929年,施蛰存、戴望舒、刘呐鸥又办起了水沫书店。这回他们把书店开在不用登记的租界内。终于,戴望舒的《我的记忆》,施蛰存的《上元灯》《鸠摩罗什》,刘呐鸥的《都市风景线》,包括劳伦斯、横光利一等外国作家的文学作品,一本本书印了出来。1929年到1930年是水沫书店的兴旺期,各种书都印了不少。每本四五万字印成64开本的"现代作家小集",

包括雷马克的《西部战线平静无事》（今译《西线无战事》）在内的"新兴文学丛书"，鲁迅参与主持的"科学的艺术论丛书"（包括鲁迅、冯雪峰等翻译的卢那察尔斯基的《文艺与批评》《艺术之社会基础》，普列汉诺夫的《艺术与社会生活》等），1929年9月还创刊出版了《新文艺》月刊。①

书店运作和出版活动的开展，把具有某些相同文学趣向和主张的个体联结起来，他们相互支持、砥砺。施蛰存等人由此先后结识了徐霞村、姚蓬子、柔石、胡也频、丁玲、冯雪峰、鲁迅等人。作为作家个人的施蛰存、刘呐鸥也好，被命名为"新感觉派"的现代主义作家流派也好，中国现代文学版图中的重要一脉就是在这种一边写作一边从事编辑出版的活动中生产出来的。近二十年来的中国现代文学研究里，施蛰存及其新感觉派日渐受到重视。施蛰存"出土"之后不是大谈他的文学创作，而是深情回想当年他们"玩票"一样的编辑和出版活动。终于，内忧外患接踵而至，淞沪抗战一来，秩序大乱。刘呐鸥的兴趣转到电影事业，一批朋友各奔东西，书店不能不关门停业了。当年的文学事业吸引人，后来的回忆更令人神往。施后来生动地回忆了他个人的创作和文学活动是怎样在一定文学

---

① 参见施蛰存：《我们经营过的三个书店》，载《沙上的脚迹》，沈阳：辽宁教育出版社，1995年，第12—25页。

场域里运动和成长的历程。

"印刷大于出版"的文化生产局面出现，纸质印刷媒介对社会产生的影响真正显现出来了。一些中小型规模的编辑出版机构挣脱各种各样的羁绊创立起来，来源不一的各种类型的文化人，诉求各种各样的社会、文化、政治活动，围绕着印刷出版而展开，催生出各种各样的文化和社会现象，也催生出各种新文化得以产生的社会生产机制。那些各种类型的文化人时不时要以搞出版作为自己参与社会的方式。他们以共同的"兼职"编辑和出版人的身份构建新的社会文化。中国现代文学就是这些新文化中的一种。生生灭灭的编辑出版机构，生产着文学发生的物质外壳，生产着一个个常常身兼印刷人与出版人的编辑者，也生产着一个个常常身兼编辑者和出版人的创作家。正是由于这样的文学生产机制，编辑和出版人的身份也深刻体现在中国现代文学的特质中，从而表现出中国现代文学特有的传媒性，表现出文学在其发生期就与普通大众、社会变化之间所具有的深刻关联。

结　语

在晚近兴起的传播学思想看来,启蒙运动本身就是一门大生意。它强调的是,启蒙的思想运动是由一场有利可图的生意推动和展开的。最近二三十年,印刷术对社会所产生的影响受到西方学术界的广泛关注。15世纪中后期发生在欧洲的印刷革命被看作改变了欧洲乃至世界历史,从而开启了启蒙时代,也由此被演绎成巨大的社会革命的前奏。从启蒙思想与社会革命的角度说,书籍变迁的历史和社会历史发展过程中的很多问题相关。书籍史和阅读史的研究提给人们的问题是,启蒙运动这样伟大的思想运动是如何在社会中传播的,其深度和广度达到了怎样的程度。这样的问题意识与过去一般注重知识和思想"本身"的思想史和社会史研究者不一样的地方,在于它更强调思想、文化的流动性,注重追问新的思想和文化意识是如何嵌入社会的。也就是说,思想不会自顾自地脱离社会关系、文化环境而产生,更不能不借助物质的中介来传播和发挥作用。

这一思考路径强调文本内容所依附的物质,但这种对

"物质"的注重与一般版本学家研究的作为实体存在的书籍又不一样,因为"步入任何一间善本室,都会见到善本迷们品玩装帧、端详水印,博学家研究奥斯汀著作的各种版本;但你不会遇见任何一位主流的历史学家试图把书籍理解为历史中的一股力量"①。达恩顿这样提出问题显然是希望把研究从另外的方面展开。他想追问的是,这些思想和运动是如何以物质化的形式流传的,印刷品的物质基础与生产技术和运动本身的主旨、传播的深度及广度有关系吗?出版如何适应社会变革前的经济政治状况,如何借用新的技术使图书市场能够像生意那样运作?因为说到底,书籍"是匠人的产品、经济交换的物、观念之舟以及政治和宗教的要素"②。具体到达恩顿的研究中,狄德罗的《百科全书》是18世纪思想文化史上的伟大著作,但这部大书的生产和流通过程同样是"18世纪最大的生意之一"。"启蒙"不仅是一种思想和精神,还是一个物质的生产过程,是一个由各种各样的清流思想—腐败官僚、革命—反革命者、有知识者—没文化者、清教徒、贩夫走卒等各色人等,在流通、消费过程中为追逐利益而共同"生产"的"文化

---

① [美]罗伯特·达恩顿:《启蒙运动的生意:〈百科全书〉出版史(1775—1800)》,第2页。
② [美]罗伯特·达恩顿:《启蒙运动的生意:〈百科全书〉出版史(1775—1800)》,第1页。

产品"。

如上这样提出问题的不只是在历史学界,传播学、经济学领域同样有学者把类似的问题从他们的角度提出,从而形成另一种学术趣向。

这一变化及其意义在多重理论和言路中展开,在知识界影响比较广泛的也为数不少。本尼迪克特·安德森关于印刷和现代民族国家的关系的研究今天在学术界广被征引。他以为,所谓现代"民族"在成为政治现实之前,首先是一个"想象的共同体",而这个"想象的共同体"跨越"时间"在更广大的"空间"里得以形成,恰正是包括报纸和小说的出版所带来的。[①] 马丁·路德的宗教改革之影响广泛就是由于他得印刷革命风气之先。其实,更早的时候,加拿大经济学家、传播学者哈罗德·伊尼斯就已经更为决绝地指出,一种新的媒介导致一种新文明的诞生。他的结论来自对从公元前 4000 多年前的古埃及到近现代印刷媒介文明史和传播史之间关系的考察。由于谷登堡发明了金属印刷术,15 世纪末期欧洲建立起许多印刷厂,"书籍贸易兴起,印刷厂的规模扩大,千百年来积累的抄本广为人知的宏大基业就兴起了","修道制度的知识垄断进一步瓦解,书面语的权威下降,教堂的时代成为过去,印刷机

---

① 参见 [美] 本尼迪克特·安德森:《想象的共同体:民族主义的起源与散布》,第 26 页。

的时代开始了"。"异端"学者写的小册子广为流传,论辩文章风行,使人摆脱神职人员的思想奴役。① 从马丁·路德的宗教改革到更为广泛的文艺复兴、启蒙运动之间的社会转换恰正是印刷技术导致的时空观的变化。伊尼斯还从一位杰出经济学家的专业角度考察了当时欧洲造纸术的生意、技术以及其他相关物质的配合。本尼迪克特·安德森关于印刷资本主义的展开对于"想象的共同体"形成的研究思路无疑受到了伊尼斯甚至更早的勒克等人传播学思想的启发。②

印刷术的广泛使用,促进了欧洲的现代化,对政治、经济、社会和文化等各个方面产生激烈而深远的影响,从而成为一种社会变革的媒体和力量。在哈贝马斯那里,由于印刷的现代展开,报纸和期刊广泛卷入人们的日常生活,与沙龙、酒吧、咖啡馆一样,构成了现代社会必不可少的"公共空间"。③ 虽然作为一种技术,从发明、成熟到广泛使用是一个相当长的过程,但1450年谷登堡发明金属活

---

① [加]哈罗德·伊尼斯:《帝国与传播》,第156页。
② 伊尼斯关于"帝国与传播"关系的研究在1940年代就已经系统地完成。对于印刷所引起的社会变革等相关现象的观察,勒克(W. E. H. Lecky)在1913年出版于英国伦敦的《欧洲国家主义的兴起及影响》(*History of the Rise and Influence of the Spirit of Nationalism in Europe*)中也已有所揭示,这也远远早于本尼迪克特·安德森1970年代才开始的研究。参见[加]哈罗德·伊尼斯:《帝国与传播》,第154—161页。
③ 参见[德]哈贝马斯:《公共领域的结构转型》。

字印刷术仍然被指认为一个印刷新时代的来临。被简化的人物和时间点显然使得一个现代的故事和历史更容易得到叙述和传播。① 这种与思想、社会运动相连接的叙述把印刷放到了社会变革的聚光灯下。这就把问题的趣向从过去对文本解读的专注转向对书籍印刷、流通的全面研究。

上述这些研究无疑为我们重新理解中国现代文学的发生和传播打开了另外的空间,也让我们看到了中国现代文学何以能够深刻卷入社会生活中的某些特质,关注文学的生产、传播和流通所具有的物质力量。从印刷文化的社会生产角度观察,有两个东西是与中国现代文学相伴相生的:其一是现代文学与现代教育的共生,其二就是文学与传媒的共生。

现代文学与教育的关系之密切,已经为很多研究者指出。在前面几章的讨论中,我们已经指出,由于印刷技术

---

① 早在1958年出版的法文版《印刷书的诞生》(*L'Apparition du livre*)里就指出,金属活字印刷术的发明至少在多个地方同时展开,与谷登堡同时开展金属活字印刷实验的还有布拉格的华沃高及巴塞尔一带的金匠行会成员等。并且,最早的活字印刷与兴起于欧洲时间并不长的雕版印刷之间也经历了一个此消彼长的漫长过程。参见[法]费夫贺、[法]马尔坦:《印刷书的诞生》,李鸿志译,台北:猫头鹰出版社,2005年,第64—65页。而在《启蒙运动的生意:〈百科全书〉出版史(1775—1800)》里,达恩顿同样以较大的篇幅谈到了18世纪末期围绕《百科全书》的出版而展开的技术改良与商业推广间相互缠绕的历史过程。

结　语

的进步，作为新媒介的俗话报成为知识群体与社会中下层社会发生联系的主要渠道。从白话文到男女平等，新文学运动中的不少观点和思想，不只是在1915年的新文化运动中才开始，而是更早的1904年、1905年，陈独秀、胡适等人在各自主持的俗话报上就展开了。但值得关注的是，白话文也好，妇女解放的思想也好，真正产生社会影响，却是要在陈独秀们成为北京大学的教授以后，要在从小学、中学到大学的教育制度形成以后，经由教育体制的渠道展开。因此，有研究者甚至指出，"就现代文学和现代教育的内在关联而言，只有把这些'校园内外'和'课堂上下'的各种力量汇聚起来，才能完整重建'现代文学'是如何被建构的历史图景"[1]。

在以商务印书馆为例讨论印刷现代性展开的过程中，我们已经清晰地展开了商务印书馆、中华书局在编印各种中小学教材、中小学教材教法方面的努力。这些纳入教育体制的教材的编辑和出版，根本就是现代教育的一部分。正是在这样的努力下，一种新的学校教育才大规模地在晚清民初取代旧的村塾教育，新的文学、文化教育由此展开。有了印刷技术的变革，有了新的印刷出版机构，才有了"现代"的"学校教育共同体"的形成。

---

[1] 罗岗：《危机时刻的文化想像——文学·文学史·文学教育》，南昌：江西教育出版社，2005年，第52页。

不单是张元济等人出发时就相约的"以扶植教育为己任",当时有使命感的知识人,大抵也是奔"教育救国"而来的。"庚子以后,学校渐兴,教授者苦不得适宜之教科书",正是在这样的情况下,"印刷之业,始影响于普通之教育","其创始之者实为商务印书馆……(教科书)审慎周详,无不如是……大受教育界之欢迎……于是书肆之风气,为之一变,而教育界之受其影响者大矣"。[①] 胡适也有所谓"得着一个商务印书馆,比得着什么学校更重要"的看法。教育和出版之间的关联由此可见,也容易让人理解。从分散的私塾教育到体系周延、分级严密的现代教育体制,教科书印刷的规模生产与现代教育的生产和再生产分享着同样的运作模式。

但文学的"现代"似乎没有这样统一的结构体系。由于文学所强调的创作者的个性和感情与分散而审美趣味多样的读者群体,文学的"现代"似乎是难以展开的。然而,正如鲁迅所谓"有一种茫漠的希望:以为文艺是可以转移性情,改造社会的。因为这意见,便自然而然的想到介绍外国新文学这一件事"[②]。鲁迅的弃医从文注重的是个人的

---

① 蔡元培:《商务印书馆总经理夏君传》,载《商务印书馆九十年》,第1—2页。
② 鲁迅:《域外小说集序》,载《鲁迅全集》第10卷,北京:人民文学出版社,2005年,第176页。

文学努力，把自己的文学工作与造就社会新人联系在一起。现代文学的出发和现代教育的目的一样，是要打造一大批不为现实利益所诱惑，不被黑暗恐惧所吞噬的新人。在这样的文学"大局"面前，无论是唯美的浪漫主义还是"听将令"的现实主义，文学都同样是一场广泛的社会运动。

何以认定中国现代文学之为"现代"，它区别于古代文学的是对当下生活的介入以及它在整体上所表达的对于未来图景的构想。现代文学的"现代性"不是固定在某一个历史时期的文学和现象，而是一种超越个人现实利益的思考，一种与大的思考命题紧密缠绕在一起的问题意识，以及和这一问题意识相关联的思考、写作甚至运动。现代文学与现代教育之间的关联在晚清民初的印刷现代性展开时就是深刻地结合在一起的。今天，中国现代文学所讨论的危机不也是与中国教育所面临的危机深刻地缠绕在一起吗？

很多研究《新青年》的文章，都会津津乐道于钱玄同和刘半农的那场"双簧戏"。一个虚拟王敬轩攻击白话文运动，一个则以记者名义作答，对古文痛加谩骂。这种做法，很多人认为是新青年系成员个性刚烈，喜欢采用激烈手段，或者旧的势力太强大，"矫枉必须过正"的结果。这自然都不错，但更重要的恐怕还在于这是办刊者吸引读者注意的常用手段。《新青年》开始时每期只印一千来份，不要说引起社会怎样的反应，就是自身的生存也是很难维持的。温文尔雅、和风细雨的文章，按部就班地办刊必不能达到引起读者广泛注意的目的，必须让杂志热闹起来。

用今天的话说，刊物必须吸引眼球，这就是媒体自身的规律要求。文学的产生与传媒的生存规律就这样糅合在一起了。"五四"新文学在发轫之初就提出了两个主要目标，胡适说，一个是"国语的文学"，一个是"人的文学"。在胡适发表《文学改良刍议》之后，1917年2月，陈独秀发表《文学革命论》，曰"推倒雕琢的阿谀的贵族的文学，建设平易的抒情的国民文学。推倒陈腐的铺张的古典文学，建设新鲜的立诚的写实文学。推倒迂晦的艰涩的山林文学，建设明瞭的通俗的社会文学"。从文章的标题到内容表达，这"新""旧"之间的分野似乎是巨大的，而且态度决绝不容妥协。后来的讨论也因此诟病于"五四"的文学革命割裂了中国文化与传统文化之间的联系，以之为"五四"的背面。再从陈独秀等人文章的词句上看，哪里是谈文学，那你死我活的架势分明就是在吵架。

然而，即使单就"国语的文学"而言，早在晚清民初，用白话文翻译外国小说的风气就已经逐渐形成，它以现代口语为基础，容纳某些文言词汇，避开生僻的方言乡音，包天笑、伍光建等人发表在《新小说》上的翻译小说，就已经是新式的白话文了。陈独秀们自己早就用白话办报纸、写文章，所以，如果要说革命也不是到1917年才革命的。

而且，对于白话文的态度，新青年系内部意见也并不一致，鲁迅、周作人更是曾经用文言文译书，写小说，并不是非白话不可的。《域外小说集》就是用文言翻译的，虽然鲁迅也认识到，"这书的译文，不但句子生硬，'诘屈聱牙'，而且也有极不行的地方，委实配不上再印。只是他的本质，却在现在还有存在的价值，便在将来也该有存在的价值"①。但终究还是再印了，并不是决然弃之的。作为表达形式的语言，尚且如此，内在的内容相互贯通处就更多了。陈独秀们的文章所表现出的决绝态度，说到底是要适应新媒体标新立异引人注意的需要。

媒体因素的参与确实也是很有效的。《新青年》名声大振，最多时每期印到一万五六千册。② 一个大众媒体应该有的影响算是出来了。尝到了这样的甜头，新文化运动发轫之初和五四运动期间的各种媒介宣传活动自然更是红火。《新青年》月刊出刊太缓，传媒特性还不足，《每周评论》办起来了。然后，"各地的学生团体里忽然发生了无数小报纸，形式略仿《每周评论》，内容全用白话。此外又出了许多白话的新杂志。有人估计，这一年（1919）之中，至少出现了四百种白话报"。"一年以后，日报也渐渐的改了样子了。从前日报的附张往往记载戏子妓女的新闻，现在多

---

① 鲁迅：《域外小说集序》，载《鲁迅全集》第10卷，第177页。
② 参见汪原放：《亚东图书馆与陈独秀》，第33页。

改登白话的论文译著小说新诗了。""民国九年以后，国内几个持重的大杂志，如《东方杂志》《小说月报》……也都渐渐的白话化了。"① 一种以白话写作，关注国家民族，致力于打造新文化的中国现代文学真正席卷开来。

但显然这还只是开始，中国现代文学的历史几乎就是一部各种不同倾向、路线的斗争史。文言白话论争之外，与学衡派的论争、整理国故问题的论争、对甲寅派的论争、文学研究会创立之后"文学与人生"问题的论争、"革命文学"的论争……外部吵完内部吵，大大小小的论争，真真假假地在各自的阵地上展开。中国现代文学的各种主张、诉求就是在这样的各种论争中撒播到社会中，文学实际的价值和意义也就在这样的论争中彰显。

纵观中国文学的历史长河，无论是"文以载道"还是"诗言志"，文学从来没有像现在这样是在争吵中发展起来的。文学的传媒性特质确实是中国现代文学的一个新特性。我甚至要说，所谓中国新文学的"新"也就"新"在它的传媒性特征上。大约也只是看到了这个传媒性在改造社会上所具有的伟力，蔡元培才会延揽一个编辑出版人陈独秀进入北京大学的讲堂，甚至不惜为他编造一个大学任教履

---

① 参见胡适：《文学革命运动》，见《五十年来中国之文学》第10节，转引自宋原放主编、陈江辑注：《中国出版史料：现代部分》（第一卷·上册），第446—457页。

结　语　　191

历。从此以后，不少完全没有大学教育背景和资历的作家、编辑人走进大学教室，成为大学教授。

通过这些报刊、杂志的传媒特性，中国现代文学深刻地与普罗大众相关联，与中国的大学教育相关联，与改造社会、造就一个新的民族—国家理想密切联系在一起。正因为如此，在中国社会、政治、文化发生重大变化的关键时刻，中国现代文学要抛下它的"文学性"，投入社会斗争、变革的第一线。

晚清民初的"崇实"思潮和印刷技术变革所提供的社会变革可能性结合到了一起。印刷技术的变革使纸质印刷展开规模化生产，类似于商务印书馆、中华书局这样的现代出版机构创立，社会转型期的知识分子如张元济者加入到这些出版机构中，一种新的不一样的文化生产机制形成。新式报刊、大量图书的普及，造就了新文化产生的机制，形成了与传统文化生产和运作不一样的时间和空间关系，也形成了一个新的社会文化基础。印刷现代性的展开为新的民族—国家、文化建设的想象和建构开辟了另外的空间。"印刷大于出版"局面的形成直接带来了众多中小型文艺类出版机构的创立。出版和印刷的分离使更多不同专业、不同诉求的人卷入到"编辑出版"行业，从而导致多元而有活力的中国现代文学的发生。在本研究看来，这一切正是"赖印刷为之枢机"的。从印刷技术的角度进入考察，也确实让我们看到中国现代文学从兴起期就蕴含的传媒性特质，它与社会文化教育之间具有共生性的深刻关联。

当然，就中国现代文学兴起及其特质的研究而言，即使从印刷技术、物质文化的角度考察，这样的研究也还只是一个开始。晚清民初直到 1930 年，众多主张及倾向不一的文学社团、期刊、出版机构的出现到底形成了怎样的读者市场，不断变化更替的政府（即使很羸弱）如何从制度层面认同、规管这些新的文学和文化，文学的传媒性特征是怎样越来越深刻地深入文学内部对作家的创作产生影响的……进一步说，今日中国文学的问题很多，这些问题与上述讨论的问题之间又有怎样的关系？这些工作将在以后的研究中展开。

参考文献

参考文献

中文书目（资料部分）：

张静庐辑注：《中国近代出版史料》（初编），上海：上杂书店，1953年。

张静庐辑注：《中国现代出版史料》（丁编），北京：中华书局，1959年。

宋原放、王有朋辑注：《中国出版史料：古代部分》（第一卷），武汉：湖北教育出版社，2004年。

宋原放主编，汪家熔辑注：《中国出版史料：近代部分》（共三卷），武汉：湖北教育出版社，2004年。

宋原放主编，陈江辑注：《中国出版史料：现代部分》（上中下三卷4册，补卷上中下3册），济南：山东教育出版社，2006年。

宋应离等编：《中国当代出版史料》（共8卷），郑州：大象出版社，1999年。

宋应离、袁喜生、刘小敏编：《20世纪中国著名编辑出版家研究资料汇辑》（共10辑），开封：河南大学出版社，2005年。

张静庐：《在出版界二十年》，南京：江苏教育出版社，2005年。

胡适：《胡适的日记》，北京：中华书局，1985年。

张树年主编：《张元济年谱》，北京：商务印书馆，1991年

张人凤编著：《张菊生先生年谱》，台北：商务印书馆，1995年。

张元济:《张元济诗文》,北京:商务印书馆,1986年。

张元济:《张元济书札》,北京:商务印书馆,1981年。

商务印书馆编:《商务印书馆九十年》,北京:商务印书馆,1987年。

商务印书馆编:《商务印书馆九十五年》,北京:商务印书馆,1992年。

商务印书馆编:《商务印书馆一百年》,北京:商务印书馆,1998年。

商务印书馆编:《商务图书馆图书目录(1897—1949)》,北京:商务印书馆,1981年。

商务印书馆编:《商务图书馆图书目录(1849—1980)》,北京:商务印书馆,1981年。

张元济:《张元济日记》(全二册),石家庄:河北教育出版社,2001年。

张树年等编:《张元济蔡元培来往书信集》(附与其他名人往来书札),香港:商务印书馆,1992年。

叶宋曼瑛著,张人凤、邹振环译:《从翰林到出版家——张元济的生平与事业》,香港:商务印书馆,1992年。

李家驹:《商务印书馆与近代知识文化的传播》,北京:商务印书馆,2005年。

吴方:《仁智的山水:张元济传》,上海:上海文艺出版社,1994年。

周武:《张元济:书卷人生》,上海:上海教育出版社,1999年。

汪家熔:《大变动时代的建设者》,成都:四川人民出版社,1985年。

汪家熔:《近代出版人的文化追求》,南宁:广西教育出版社,2003年。

俞筱尧、刘彦捷编:《陆费逵与中华书局》,香港:中华书局,2002年。

中华书局编辑部编:《回忆中华书局》(上下编),北京:中华书局,

1987年。

中华书局编辑部编:《中华书局图书目录(1949—1991)》,北京:中华书局,1993年。

汪原放:《亚东图书馆与陈独秀》,上海:学林出版社,2006年。

施蛰存:《沙上的脚迹》,沈阳:辽宁教育出版社,1995年。

包天笑:《钏影楼回忆录》,台北:龙文出版社,1990年。

中国第二历史档案馆编:《中华民国史档案资料汇编》(第三辑 文化),南京:江苏古籍出版社,1991年。

史和、姚福申、叶翠娣:《中国近代报刊名录》,福州:福建人民出版社,1991年。

姚公鹤:《上海闲话》,上海:上海古籍出版社,1989年。

王云五:《岫庐八十自述》,台北:商务印书馆,1967年。

茅盾:《我走过的道路》(上),北京:人民文学出版社,1997年。

邹振环:《20世纪上海翻译出版与文化变迁》,南宁:广西教育出版社,2001年。

许纪霖、田建业编:《杜亚泉文存》,上海:上海教育出版社,2003年。

王韬:《瀛壖杂志》,上海:上海古籍出版社,1989年。

王韬:《弢园文录外编》,上海:上海书店出版社,2002年。

梁启超著,夏晓虹点校:《清代学术概论》,北京:中国人民大学出版社,2004年。

梁启超著,夏晓虹编:《梁启超文选》(上、下),北京:中国广播电视出版社,1992年。

郑观应著,陈志良选注:《盛世危言》,沈阳:辽宁人民出版社,1994年。

孙中山著，牧之等选注：《建国方略》，沈阳：辽宁人民出版社，1994年。

张若英编：《中国新文学运动史资料》，上海：上海书店出版社，1982年影印。

王哲甫：《中国新文学运动史》，上海：上海书店出版社，1986年影印。

周作人：《知堂回想录》，香港：三育图书文具公司，1980年。

周作人：《自己的园地》，石家庄：河北教育出版社，2002年。

周作人：《中国新文学的源流》，上海：华东师范大学出版社，1995年。

鲁迅：《鲁迅全集》，北京：人民文学出版社，2005年。

陈明远：《文化人的经济生活》，上海：文汇出版社，2005年。

张秀民：《中国印刷史》，上海：上海人民出版社，1989年。

张树栋、庞多益、郑如斯：《简明中华印刷通史》，桂林：广西师范大学出版社，2004年。

钱存训著，郑如斯编订：《中国纸和印刷文化史》，桂林：广西师范大学出版社，2004年。

范慕韩主编：《中国印刷近代史：初稿》，北京：印刷工业出版社，1995年。

来新夏等：《中国近代图书事业史》，上海：上海人民出版社，2000年。

肖东发：《中国图书出版印刷史论》，北京：北京大学出版社，2001年。

叶再生：《中国近代现代出版通史》（全四卷），北京：华文出版社，2002年。

奚椿年：《中国书源流》，南京：江苏古籍出版社，2002年。

姚福申：《中国编辑史》（修订版），上海：复旦大学出版社，2004年。

中文书目（论述部分）：

龚鹏程：《五四文学与文化变迁》，台北：学生书局，1990年。

李孝悌：《清末的下层社会启蒙运动：1901—1911》，石家庄：河北教育出版社，2001年。

丁守和：《中国近代思潮论》，广州：广东人民出版社，2003年。

王尔敏：《中国近代思想史论》，北京：社会科学文献出版社，2003年。

王尔敏：《中国近代思想史论续集》，北京：社会科学文献出版社，2005年。

胡伟希编：《辛亥革命与中国近代思想文化》，北京：中国人民大学出版社，1991年。

李仁渊：《晚清的新式传播媒体与知识分子：以报刊出版为中心的讨论》，台北：稻乡出版社，2005年。

熊月之：《西学东渐与晚清社会》，上海：上海人民出版社，1994年。

刘兰肖：《晚清报刊与近代史学》，北京：中国人民大学出版社，2007年。

汪晖：《死火重温》，北京：人民文学出版社，2000年。

王晓明主编：《二十世纪中国文学史论》（三卷本），上海：东方出版中心，1997年。

王晓明主编：《批评空间的开创——二十世纪中国文学研究》，上海：东方出版中心，1998年。

陈平原、[日]山口守编:《大众媒介与现代文学》,北京:新世界出版社,2003年。

程光炜主编:《大众媒介与中国现当代文学》,北京:人民文学出版社,2005年。

陈子善、罗岗主编:《丽娃河畔论文学》,上海:华东师范大学出版社,2006年。

袁进:《中国文学的近代变革》,桂林:广西师范大学出版社,2006年。

李今:《海派小说与现代都市文化》,合肥:安徽教育出版社,2000年。

旷新年:《1928:革命文学》,济南:山东教育出版社,1998年。

孟悦:《人·历史·家园:文化批评三调》,北京:人民文学出版社,2006年。

姜涛:《"新诗集"与中国新诗的发生》,北京:北京大学出版社,2005年。

庄森:《飞扬跋扈为谁雄——作为文学社团的新青年社研究》,上海:东方出版中心,2006年。

石曙萍:《知识分子的岗位与追求——文学研究会研究》,上海:东方出版中心,2006年。

孙晶:《文化生活出版社与现代文学》,南宁:广西教育出版社,1999年。

谢晓霞:《〈小说月报〉1910—1920:商业、文化与未完成的现代性》,上海:上海三联书店,2006年。

董丽敏:《想象现代性:革新时期的〈小说月报〉研究》,桂林:广西师范大学出版社,2006年。

陈平原、米列娜主编:《近代中国的百科辞书》,北京:北京大学出版社,2007年。

唐海江:《清末政论报刊与民众动员:一种政治文化的视角》,北京:清华大学出版社,2007年。

诸葛蔚东:《媒介与社会变迁:战后日本出版物中变化着的价值观念》,北京:北京大学出版社,2006年。

王宏志:《重释"信达雅":20世纪中国翻译研究》,上海:东方出版中心,1999年。

许纪霖编:《二十世纪中国思想史论》,上海:东方出版中心,2000年。

罗岗:《危机时刻的文化想像——文学·文学史·文学教育》,南昌:江西教育出版社,2005年。

于翠玲:《传统媒介与典籍文化》,北京:中国传媒大学出版社,2006年。

李楠:《晚清、民国时期上海小报研究:一种综合的文化、文学考察》,北京:人民文学出版社,2006年。

解志熙:《美的偏至:中国现代唯美—颓废主义文学思潮研究》,上海:上海文艺出版社,1997年。

王建辉:《出版与近代文明》,开封:河南大学出版社,2006年。

邵燕君:《倾斜的文学场:当代文学生产机制的市场化转型》,南京:江苏人民出版社,2003年。

王晓明:《"大时代"里的"现代文学"》,载《文学评论》,2006年第3期。

陈思和:《先锋与常态——现代文学史的两种基本形态》,载《文艺争鸣》,2007年第3期。

陈思和:《试论"五四"新文学运动的先锋性》,载《复旦大学学报》(社会科学版),2005年第6期。

王富仁:《"新国学"与中国现代文学研究》,载《文艺研究》,2007年第3期。

旷新年:《个人、家族、民族国家关系的重建与现代文学的发生》,载《中国现代文学研究丛刊》,2006年第1期。

李扬:《"没有晚清,何来'五四'"的两种读法》,载《中国现代文学研究丛刊》,2006年第1期。

[美]夏志清著,刘绍铭、李欧梵等译:《中国现代小说史》,上海:复旦大学出版社,2005年。

[美]王德威著,宋伟杰译:《被压抑的现代性——晚清小说新论》,台北:麦田出版社,2003年。

[美]李欧梵著,毛尖译:《上海摩登:一种新都市文化在中国(1930—1945)》,北京:北京大学出版社,2001年。

[法]戴仁著,李桐实译:《上海商务印书馆(1897—1949)》,北京:商务印书馆,2000年。

[英]伊丽莎白·默里著,魏向清、范红升译:《坠入字网:詹姆斯·A. H. 默里和〈牛津英语大词典〉》,上海:东方出版中心,1999年。

张京媛主编:《后殖民理论与文化批评》,北京:北京大学出版社,1999年。

[美]本尼迪克特·安德森,吴叡人译:《想象的共同体:民族主义的起源与散布》,上海:上海人民出版社,2003年。

[加]哈罗德·伊尼斯著,何道宽译:《帝国与传播》,北京:中国人民大学出版社,2003年。

[加]哈罗德·伊尼斯著,何道宽译:《传播的偏向》,北京:中国人民大学出版社,2003年。

[法]皮埃尔·布迪厄著,刘晖译:《艺术的法则:文学场的生成和结构》,北京:中央编译出版社,2001年。

[美]戴安娜·克兰著,赵国新译:《文化的生产:媒体与都市艺术》,南京:译林出版社,2001年。

[加]马歇尔·麦克卢汉著,何道宽译:《理解媒介:论人的延伸》,北京:商务印书馆,2000年。

[美]罗伯特·达恩顿著,叶桐、顾杭译:《启蒙运动的生意:〈百科全书〉出版史(1775—1800)》,北京:生活·读书·新知三联书店,2005年。

[法]费夫贺、马尔坦著,李鸿志译:《印刷书的诞生》,台北:猫头鹰出版社,2005年。

[法]弗雷德里克·巴比耶著,刘阳等译:《书籍的历史》,桂林:广西师范大学出版社,2005年。

[德]哈贝马斯著,曹卫东译:《公共领域的结构转型》,上海:学林出版社,1999年。

[法]波德里亚著,刘成富、全志钢译:《消费社会》,南京:南京大学出版社,2000年。

[英]齐格蒙特·鲍曼著,张君玫译:《全球化:对人类的深远影响》,台北:群学出版有限公司,2003年。

[美]丹尼尔·贝尔著,张国清译:《意识形态的终结:五十年代政治观念衰微之考察》,南京:江苏人民出版社,2001年。

[美]阿瑟·阿萨·伯格著,姚媛译:《通俗文化、媒介和日常生活中的叙事》,南京:南京大学出版社,2000年。

［意］波寇克著，田心喻译：《文化霸权》，台北：远流出版公司，1991年。

［美］弗雷德里克·詹姆逊著，胡亚敏等译：《文化转向》，北京：中国社会科学出版社，2000年。

［美］弗雷德里克·詹姆逊著，王逢振、陈永国译：《政治无意识》，北京：中国社会科学出版社，1999年。

［美］弗雷德里克·杰姆逊著，唐小兵译：《后现代主义与文化理论》，北京：北京大学出版社，1997年。

［英］尼克·史蒂文森著，王文斌译：《认识媒介文化——社会理论与大众传播》，北京：商务印书馆，2001年。

［英］E. P. 汤普森著，钱乘旦等译：《英国工人阶级的形成》，南京：译林出版社，2001年。

［英］雷蒙德·威廉斯，吴松江、张文定译：《文化与社会》，北京：北京大学出版社，1991年。

［斯洛文尼亚］斯拉沃热·齐泽克，季广茂译：《意识形态的崇高客体》，北京：中央编译出版社，2002年。

［日］佐藤卓己著，诸葛蔚东译：《现代传媒史》，北京：北京大学出版社，2004年。

英文书目：

Bignell J., *Postmodern Media Culture*, Beijing, Peking University Press, 2006.

Marina Frasca-Spada & Nick Jardine, *Books and the Sciences in the History*, Cambridge University Press, London, 2000.

Roger S. Bagnall, *Reading Papyri, Writing Ancient History*, Routledge,

New York, 1995.

Paul du Gay, Stuart Hall, Linda Janes, Hugh Mackay and Keith Negus, *Diong Cultural Studies: the Story of the Sony Walkman*, Sage, London, 1997.

Raymond Williams, *the Long Revolution*, Hogarth, London, 1961.

Peter Burke, *A Social History of Knowledge: From Gutenberg to Diderot*, Polity Press & Blackwell Publishers Ltd, 2000.

David Morley, Kuan-Hsing Chen (eds.), *Stuart Hall: Critical Dialogues in Cultural Studies*, Routledge, New York, 2003.

Roger Silverstone, *Why Study the Media?* London: Sage Publications, 1999.

Juliet B. Schor, Douglas B. Holt, eds. *The Consumer Society Reader*, New Press, New York, 2000.

Partha Chatterjee, *Nationalist Thought and the Colonial World: A Derivative Discourse*, University of Minnesota Press, Minnesota, 1998.

Matei Calinescu, *Five Faces of Modernity*, Duke University Press, Durham, 1987.

Partha Chatterjee, *The Nation and Its Fragments: Colonial and Postcolonial Historie*, Princeton University Press, Princeton, N.Y, 1993.

后　记

后　记

21世纪以来,互联网和数字技术在中国迅速发展。20世纪日常生活中还占主导地位的纸面媒体进入21世纪就迅速为电子媒体等各种新媒介所取代。网络阅读群体大量增加,人们接触网络的时间远远大于接触书本的时间。网络游戏对青少年的吸引力更是大大超过传统文学名著。即使是成熟的专业读者,包括在校大学生和研究生,查找学习和研究必需的参考资料,也都已经习惯于到互联网上搜索和下载。更夸张的是,同学之间讨论论文,会不带纸笔,只是打开手机;就是职业学者,也不少一边漫游跑步,一边戴着耳机,听音频的雅克·德里达（Jacques Derrida）著作或者别的哲学、人文……传播的偏向是如此广阔,人们获取信息和知识、思辨思考的方式真是发生变化了。麦克卢汉（Marshall McLuhan）说,媒介不只是一种工具方式,而是人、思想、文化的延伸。书本上的德里达和耳麦中传送的德里达当然是不一样的。互联网革命带给当代中国的不只是一种新的知识和技能,更不只是一种便利称手的知识生产和传播方式。随着这一媒介的革命性变化而来的,是一种新的"文明"观,一双新的看待世界的眼光,一整套不一样的理解世界的视野与方法,一系列新的文化生产和传播机制——这正是今日中国社会正在发生着的新变化,一个以阅读当下为职志的研究者,正应该以解读和阐释这样的大变化为使命。

太阳底下无新事。这样的由媒介革命所引发的"巨变"在历史上不是没有发生过。远的如欧洲,印刷技术的革命与文艺复兴的兴起之间的关联不必说了。在中国,20世纪初叶,金属活字印刷技术和造纸技术的规模化,使得纸质出版物有了规模生产的能力,图文读物在商业社会的利益最大化原则推动下被普及,造就了类似于商务印书馆、中华书局等现代出版机构的诞生。新型出版物需求市场的扩大,推动了大众文化的兴起和通俗读物的流行,形成了一个广泛的新的读者阶层,以及与此相伴而生的作者队伍。由新的文化生产、消费以及文化认同等所构成的文化生产的循环因此形成,从而造就了新的不同于原有社会文化状态的文化和思想空间,甚至新的文化类型以及与之相伴而生的文化生产机制。20世纪初叶以来,中国社会的各种"现代"思想、"新文学"也就在这样的空间中产生。

正是基于这样的问题意识和思考逻辑,我把一个具有当代意义的问题放到历史和知识领域中展开,并试图把传媒文化建设与对知识群体的反思性思考结合起来。本书的论题以对晚清民初印刷出版活动的考察为中心，讨论20世纪初叶新文化和思想是怎样经由传播技术、物质文明而生产和展开的。更进一步，我真正想追问的是，面对当下的文化困境，未来的可能会怎样展开？思想和技术之间如何互动，到底哪个是工具、哪个是目的？历史昭示未来。我甚至还希望以此来臆测未来图景走向如何。借助对晚清民初文化生产状况的知识地图和技术变化路线的描画，本书大致上对此作出了处理和回答。

时间以加速度改变着社会也改变着我们。人工智能，或者说数智技术从根本上拷问着知识伦理和思想的意义。当下的问题和未来可能再一次被抛进新的更为严峻的困境中。创办了光华书局的沈松泉说，像他们所办的那些小书局之所以能够成功，是由于他们敢于冒险，敢于出版大书店不敢出版的书。但他紧接着说的是，这也是他们最后失败的原因。互联网、人工智能技术不断进步，经济、资本的推动力正在成几何级数地增强，而资本逻辑的控制力也同样渗透进社会每一个角落。要么完全被资本掌控——创意产业就是以得到风险资本的投资为目标，要么完全被泡沫化——在"独角兽"脚下，看上去为个人自由发展提供的个性空间越来越难逃自生自灭的命运……新技术下的多元文化还有怎样的路径和可能？答案很难让人兴奋。

本书的相关研究其实早在十六七年前就已经完成。当时社会变化的走向还不如今天这般清晰，人们文化生产和日常生活的变化也不像今天这样剧烈，本书中有不少结论还下得比较谨慎，但研究所指的整个趋向和路径由此也经过了时间的洗礼和验证。从这个意义上说，这个以前觉得还有待进一步成熟和深入的研究是有价值，经得起检验的。由此我又对此书充满了学术自信。

更让人感慨的是，以写作完成本研究为标志，研究者也完成了"现代教育"系统所规定的学术训练任务。回想当时研究和写作的过程，个人对知识的渴求、对问题的兴奋和对社会的热情，已经渐渐为职业研究和完成工作所消磨——连对自己最为感念的当下问题也要把它包裹在知识和学问的硬壳下，绕着法子从一百多年前的事情说起。"学术"何为？在办得越来越"世界一流"的"大学城"里，看到帽子戴得越来越高的比我年轻得多的学者们，对社会大问题的格格不入，对学术意义的不甚了然，更深感找回学术研究的"初心"之重要。这也已经成为今天教育的大问题了。在人们过于理性和功利的社会氛围里，现代教育从教者到学者两方面的职业化，已经确实不大容得住个人的意气风发。沈松泉们的"冒险"更是不大见了。

时间如白驹过隙。这本书从完成写作到今天出版，延宕得如此之久是我始料未及的。感谢一路走来鼓励、支持本书写作和出版的师友们。在这个过程中,看到、感受到、经历过的尤其多,历史昭示未来,感谢过往的山河岁月。

雷启立
2024 年 8 月